›Zimmer-Fluch(t)‹

Raus aus meinem Kloster

Aus der Reihe: ›Eddy‹ und ›Mo‹ -
(Band V)

Sabine Grassy

AF176332

Sabine Grassy

›Zimmer-Fluch(t)‹

Raus aus meinem Kloster

Aus der Reihe: ›Eddy‹ und ›Mo‹ -
(Band V)

Roman

Impressum

Bibliografische Information der Deutschen Nationalbibliothek:
Die Deutsche Nationalbibliothek verzeichnet diese Publikation in der Deutschen Nationalbibliografie; detaillierte bibliografische Daten sind im Internet über http://dnb.dnb.de abrufbar.
© 2022 Sabine Grassy
Herstellung und Verlag: BoD - Books on Demand, Norderstedt

ISBN: 9783755797296

Die Autorin

Der Autorin sind durch eine Doktorarbeit, die sie für einen Chefarzt geschrieben hat, nicht unbekannt. Eine Altenheimstudie, nach der sie erschrocken feststellen musste, dass nicht jedes Seniorenwohnheim den vorgegebenen Standards entspricht.

Ihr besonderes Faible für alte Menschen - und für ihre und andere Hunde - führte zu der Idee dieses Buches. Aufmerksamkeit und Zeit, das, was am meisten in der schnelllebigen Zeit abhandengekommen ist, favorisiert sie als das Wichtigste, was man diesen Menschen schenken kann.

›Eddy und Mo‹ starten in die nächste Runde.

Nach den Themen ›Hospizarbeit‹ und ›Obdachlosigkeit‹ ist es schwer, einen Weg zu finden, das Lachen nicht zu vergessen.

Die Gratwanderung zwischen Seniorenheim - mit zahlreichen traurigen Geschichten, die jeder mit sich trägt - zum Lachen, was einer Heilung gleichkommt, ist nicht unmöglich.

INHALTSVERZEICHNIS

(W)Altersheim

*I*n den schönsten Farben ausgemalt habe ich mir unsere neue Mission.

Endlich treffen wir auf nicht zu schwierige Schicksale, deren Bewältigung uns ratlos macht.

Uns gehen keine Ideen aus, bliebe nicht diese ›Schockstarre‹, sobald wir aus dem Leben anderer erfahren.

Zu viel zu tragen für Einzelne, dieses Fazit haben wir unzählige Mal gezogen.

Wir erinnern uns an Werner.

Der betagte Mann, der von seiner Seniorenresidenz nicht abfällig berichtet, dem es dennoch definitiv an Unterhaltung und Abwechslung fehlt.

Er hat Eddy und mich inspiriert.

Seine Schilderungen über einen langweiligen und unspektakulären Alltag schrien danach, dass er dringend Neues und Ungewöhnliches benötigt.

Wir machen uns nichts vor und sind uns bewusst, dass wir auch dort mit der ein oder anderen traurigen oder zum Nachdenken prädestinierten Lebensgeschichte konfrontiert werden.

Im Mittelpunkt stehen wird das Vergnügen, sind wir überzeugt, nichts ahnend, auf wen und was wir treffen.

An unseren vergangenen Auftrag, nach dem wir eine längere Pause einlegen mussten, um zu regenerieren, denken wir mit Stolz zurück.

Lennart und Mia haben es tatsächlich geschafft, zueinander zu finden.

Im regen Austausch mit ihnen stehend hören wir von kleineren Fortschritten, die von Rückschlägen abgelöst werden, was in Anbetracht der Biografie von Len zu erwarten war.

Entgegen der Befürchtung von Eddy, ich will nach weiteren ›Menschen ohne Schuhe‹ Ausschau halten, habe ich das Kapitel Obdachlosenheim komplett hinter mir gelassen.

Wenn wir uns jetzt auf den Weg zu Werner machen, liegt das Asyl zwar wenige Meter entfernt, rein innerlich bin ich Millionen Meilen entfernt.

Da steht es, das gelbe große Haus, das mich an Sonnenstrahlen erinnert.

Gefällt mir, dass man Senioren nicht in einen dunklen Komplex ›steckt‹, in dem sie das Gefühl haben, das Leben draußen gelassen zu haben.

Meine gute Laune wird schlagartig getrübt.

Ich kann nicht glauben, was meine Augen sehen.

»Sag mir, dass ich träume«, schlucke ich.

»Ich sehe ihn«, reagiert Eddy bestürzt und wirkt fassungslos.

Vor dem Gebäude sitzt Walter rücklings auf einem Rollator.

Unser Walter.

Mit Werner haben wir gerechnet, aber nicht, dass uns jetzt der Schlag trifft.

Wir waren unvorbereitet und können nicht adäquat damit umgehen.

»Beinahe hätte ich ihn nicht erkannt. Ist er es wirklich?«.

In allen meinen ›Hoffnungsgenen‹ gebe ich mich nicht geschlagen.

»Resigniere nicht, Mo. Dass wir ihn hier antreffen, sagt noch nichts. Du hast es Dir anders vorgestellt, ich weiß. Wir müssen herausfinden, was passiert ist. Komm mit mir«.

Zusammen laufen wir auf unseren ›Lieblings-Opa‹ zu.

Als wir ihn fragend anschauen, reagiert er anders auf uns als alle Male davor.

»Ihr seid enttäuscht mich zu sehen?«, fragt er leise. »Sonst habt Ihr Euch immer gefreut«.

Seine Stimme klingt verändert, verlangsamt und auf seltsame Weise heiser.

»Wie könnte uns unser Walter enttäuschen? Was machst Du hier?«, versuche ich die Situation zu retten.

»Kurzzeitpflege. Nichts Endgültiges, hoffe ich«.

»Kurze Zeit klingt vielversprechend. Du gehörst nicht hierher«, versucht Eddy ihn aufzumuntern.

Walter versucht zu lächeln, was ihm nur mäßig gelingt.

»Schlaganfall. Ausgerechnet, als mich das Glück fand. Wally hat die Situation in der Häuslichkeit richtig eingeschätzt und ohne Verschnaufpause gekläfft, bis jemand auf ihn aufmerksam wurde. Mein Glück, dass ich schnell ins Krankenhaus gekommen bin. Die Halbseitenlähmung setzt mir zu, doch wäre ich ohne Wally gestorben«.

»Wally! Wo ist er?«, greife ich die Worte auf und wir erfahren, dass unser ›Pfoten-Freund‹ gut untergebracht sei bei Elias und seiner Familie, solange er selbst in diesem ›gelben Quadrat‹ bleiben müsse, bis er sich erholt und stabilisiert habe, um zurück in sein Haus entlassen zu werden.

»Ich vermisse ihn unsagbar, versteht Ihr das? Seit Ihr ihn mir anvertraut habt, war ich nicht eine Minute getrennt von ihm. Weh tut mir, dass er derzeit unter der Trennung noch mehr leidet als ich«.

Hier endet mein Verständnis, dass man die beiden auseinandergerissen hat.

Hunde genießen den Ruf, die besten Therapeuten im Kampf gegen Krankheiten zu sein.

»Warum lässt man Wally nicht zu Dir?«.

»Tiere sind nicht erlaubt«, erklärt er verzweifelt. »Gestern war Elias mit ihm zu Besuch. Als ich beide hier runter begleitet habe und sie um die Ecke verschwunden waren, habe ich geweint als wäre es ein Abschied für immer«.

Die Tränen kann er auch in diesem Moment nicht zurückhalten.

»Eine Woche habe ich bereits geschafft, wenn es mir auch länger vorkommt«.

Eddy versucht ihn zu trösten.

»Erleichtert es Dir, dass Dein Freund hier lebt?«.

»Werner? Ihr seid seinetwegen hier? Im unpassendsten Moment. Er musste seinen Aufenthaltsort ebenfalls wechseln und liegt nach einem Sturz in der Klinik. Weitere Informationen bekomme ich nicht und hoffe, dass ihm kein Oberschenkelhalsbruch die letzte Kraft raubt«.

Unsere ›Mission‹ fängt gut an.

»Ungelegen kommen wir offenbar nicht. Was wären wir für Freunde, die gerade jetzt nicht für Dich da sind? Es ist der richtige Zeitpunkt«, unterstreicht Eddy, dass wir nicht leere Versprechen machen, wenn wir von Hilfe sprechen.

»Ihr könnt nichts tun für mich«.

Er irrt und sollte uns besser kennen.

Gerade er sollte damit rechnen, dass sich ein Shih Tzu vor ihm aufbauen kann wie ein Gigant.

»Bevor wir das Heim ›aufmöbeln‹ kümmern wir uns um eine Herz-Zusammenführung. Wäre gelacht, wenn Wally nicht in unser Duo passt. Zu dritt eine Mission zum Erfolg zu bringen, was spricht dagegen?«.

Walter lächelt gequält.

»Aufmöbeln klingt nach Unsinn machen und Unruhe stiften. Nichts passt besser zu Euch«.

»Nenn es wie Du willst«, entgegnet Eddy. »Die Richtung stimmt. Die Strategie ändern hat Priorität. Vermuteten wir, für Ablenkung zu sorgen, die unüblich ist für das Unterhaltungsprogramm in Altersheimen, schieben wir unsere Neuformation vor. Zudem werden wir nach Werner schauen, damit Du nicht nur Wally, sondern auch ihn bald wieder an der Seite hast. Lass uns mal machen«.

Ungern überlassen wir ihn sich selbst, wissen aber um die aufwendigen Dinge, die auf uns zukommen.

Wieder einmal.

Unheimliche *Leitung*

Freundlich empfängt uns die Sekretärin der Heimleitung.

»Zuerst biete ich Gästen Kaffee und Kekse an, um die Wartezeit zu versüßen. Hunde gehören nicht zu unserer Klientel. Mögt Ihr Milch?«.

»Wäre ich ein Kater, würde ich bejahen. Ist Euch das Wasser ausgegangen?«, erkläre ich ihr den kleinen feinen Unterschied der Bedürfnisse verschiedener Haustiere.

Sie nimmt es mit Humor und holt uns aus dem Wasserspender auf dem Flur, was wir wünschen.

Sie reiht sich ein in die Liste derer, die sich über unser Sprachvermögen wundern, wenn sie es auch für sich nutzt, um zu erfahren, was wir überhaupt wollen.

»Zu wem gehört Ihr?«

»Zu keinem der Bewohner. Unsere Frauchen benötigen noch keine Pflegeunterstützung«.

Eddy erklärt, dass wir im Herzen dreimal ein ›W‹ tragen - für Werner, Walter und Wally.

Bei Letzterem muss sie passen.

Einen Wally gibt es nicht auf ihrer Liste.

»Einen Eddy und mich ebenfalls nicht? Niemand gehört mehr darauf als wir drei, merken Sie sich das bitte«.

Sie lacht.

»Soso, Ihr wollt Euch pflegen lassen?«.

»Wenn daneben, dann richtig«, stelle ich fest.

»Bei der starken Überlastung in der Pflege helfen wir an Stellen, die uns möglich sind. Unterstützungsbedarf beim Waschen und Betten ausgeschlossen. Eure Ergotherapeuten können erst mal Ihren Urlaub einreichen, wir sind da«.

»Das solltet Ihr besser mit meiner Chefin klären. Im Grunde spielen Hunde in unserem Heim keine tragende Rolle. Hin und wieder begleitet ein ›Bodenwusel‹ Angehörige, der dann nach dem Besuch wieder das Haus verlässt«.

»Wir tragen keine Rolle«. Mit einem Satz mache ich vor ihren Augen eine vorwärts.

»Wir streicheln Herzen und therapieren verschüttete Seelen«.

Die Zwischentür wird geöffnet und eine ältere Dame kommt weinend aus dem Büro.

»Eddy? Wohlfühlen sollen sie sich hier, nichts sollte jemanden traurig machen«.

Die Mitarbeiterin steht auf und steckt ihren Kopf hinein.

»Was war los?«.

»Dasselbe Theater vom Vortag. Sie will ihr Zimmer wechseln, weil sie Probleme mit der Frau hat, die nachts schnarcht. Wo kommen wir da hin? Demnächst äußert jeder einen Wunsch nach Reform. Gibt es was Wichtiges?«.

»Hier sind zwei Hunde. Halten Sie sich fest. Die können sprechen und wollen mit Ihnen reden«.

»Rein mit den beiden. Ablenkung vor der Mittagspause schadet nicht«.

Wir betreten das Zimmer, unfreundlich und dunkel wirkt es.

Hoffentlich sind die Wohnräume mit anderer Atmosphäre ausgestattet. Diese Frau geht nachmittags nach Hause, während alle anderen hier leben müssen.

»Sucht Ihr das Tierheim?«.

Boa jetzt reicht es.

Jeder erkennt, dass wir von unseren Bezugspersonen gehegt und gepflegt werden.

Wut steigt in mir hoch.

»Ist es dort genauso eisig? Entschuldigung, Sie wirken recht kühl auf uns. Warum hat die süße Omi mit Tränen in den Augen Ihr Büro verlassen? Im Tierheim sieht man Entsprechendes garantiert nicht«.

»Zwar geht Dich das nichts an«, richtet sie den strengen Blick auf mich.

»Diese Omi jammert pausenlos und befindet sich im ›Dauer-Mecker-Modus‹. Die Alten hier sind verbittert und benötigen Ventile zum Dampf-Ablassen, das ich ihnen nicht biete. Weinen erweicht mich nicht und wer das einsetzt, um was zu erreichen, schießt sich ins Aus«.

»Gehören Werner und Walter dazu?«. Bravo, Eddy, das wäre meine nächste Frage gewesen.

»Daher weht der Wind. Hat sich einer der beiden Herren beschwert? Ich vermute den Walter, da der andere selten Unmut über seine Lebensbedingungen äußert. Walter hatte eine tolle Frau, die bei uns ihre letzten Lebensmonate verbrachte. Kurz vor ihrem Tod bedankte er sich noch für die Fürsorge. Im Alter werden alle komisch. Er absolviert eine Kurzzeitpflege und zeigt täglich seine Abneigung gegen unser Heim. Wie ausgewechselt wirkt er und ist ohnehin nicht von wirtschaftlichem Wert«.

»Können Sie sich vorstellen, wie sehr man einen Hund vermissen kann? Manche macht das Heimweh richtig krank«.

Mit einer Pfote klatscht Eddy gegen das Schreibtischbein.

»Wer von Euch gehört zu ihm?«.

»Niemand. Es geht hier um Wally, einem gemeinsamen Freund von uns. Beide müssen sich dringend wiedersehen, nicht für eine Stunde mittendrin«.

Wir erklären ihr unsere Absichten für die nächsten Wochen.

Als Team ›WEM‹ helfen und heilen wir und verschaffen allen Mitarbeitern mehr Spielraum für wichtigere Tätigkeiten. Scheinbar ist der Aspekt reizvoll, dass sie als Heimleitung einen gewissen Vorteil hat und ihre Leute effektiver einsetzen kann.

Wir erhalten die Genehmigung, als ›Hundetrio‹ die nächste Zeit zu agieren und freuen uns riesig auf Wallys Reaktion.

Die zwangsweise Trennung von Walter wird schleunigst beendet.

»Danke, dass Sie uns die Chance geben, Frau Engel«.

Gütlich gestimmt, lächele ich sie an.

»Euch muss man was Nettes sagen oder erlauben und schon hebt Ihr einen in den Himmel? Ich hoffe, das ist nicht die Beste Eurer Unterhaltungsstrategien. Essen und Trinken gibt es für Euch nicht. Grundbedürfnisse stillt ihr bitte zu Hause. Benennt Euch um. Team ›WEM‹ klingt nach Selbstzweifel. Wem wollt Ihr etwas beweisen? Bis morgen«.

Sie winkt uns wirsch raus.

Na warte, das war in diesem dunklen Kabuff nicht unser letzter Besuch.

Um uns zum Weinen zu bringen, bedarf es eines Gegenübers, dem wir mit Hochachtung und Respekt gegenübertreten.

Team ›WEM‹

Überglücklich besuchen wir unseren traurigen Freund, dem sein Leid mehr zusetzt, als wir geahnt haben.

Elias versucht sich seit Tagen am perfekten Ablenkungsprogramm, wie er uns erzählt, doch Wally zeigt keinerlei Interesse an Spiel und Spaß.

»Deinem Herrchen geht es wie Dir« überbringe ich ihm einen versteckten Gruß von Walter.

Irre ich oder leuchten die Augen unseres traurigen Freundes auf?

Er berichtet uns von eigener Verzweiflung, weil er nicht jeden Tag aufgrund der Entfernung diesen Mann besuchen könne, der ihm eine Zukunft gegeben hat.

»Angst habe ich«, berichtet er traurig. »Was wird aus mir, wenn Walter nicht mehr ist? Männer weinen nicht, was aber ist mit Rüden? Wir wurden auseinandergerissen. Nicht, weil einer von uns einen Fehler gemacht hätte, sondern weil das Schicksal etwas bestimmt, mit dem ich nicht zurechtkomme. Müsste nicht gerade ich es ihm leichter machen? Verantwortung gilt es zu erfüllen. Alles müsste ich bewegen, ihm die jetzige Sehnsucht zu erleichtern. Es ist unerträglich, obwohl ich morgens mit dem Gedanken wach werde, dass eine gemeinsame Zukunft auf uns wartet. Walter ist krank, hämmert es in meinem Kopf. Erfüllen sich unsere Träume noch oder muss ich ihn gehen lassen wie mein erstes Herrchen?«.

»Du darfst nicht mal dran denken. Gesund wird er durch Dich und mit Dir«.

»Mir sind die Pfötchen gebunden. Alle sind hier gut zu mir, doch zu Hause bin ich nie allein. Jobverpflichtungen und Schulbesuch sind wichtig und ich bin weit entfernt davon Vorwürfe auszusprechen, die unfair wären. Dennoch ist es ein völlig anderes Leben. Dazu kommt eine Sehnsucht, die ich mir nicht mal in Ansätzen schmerzvoller hätte vorstellen können«.

Wally schaut verzweifelt zu Boden.

»Du musst hier raus«, versuche ich ihn aufzumuntern, ohne zu merken, wie missverstanden ich aufgrund fehlender Erklärungen werde.

»Spinnst Du, Mo? Bei viel Fürsorge habe ich es gut hier. Meinst Du, im Tierheim wäre ich besser aufgehoben? Traurig, ich dachte, gerade Ihr versteht mich«.

»Tun wir«, hat Eddy das verbale Malheur erkannt.

»Mo wollte Dir im Grunde sagen, dass wir eine neue ›Mission‹ verfolgen. Diesmal als Trio, mit Dir in unserer Mitte«.

»Ablenkung gegen Kummer? Ist lieb von Euch. Ich befürchte, mir fehlt die Kraft. Das Vermissen hat mich mehr im Griff, als ich ausdrücken kann«.

»Ohne Dich gelingt es nicht, Walter gesund zu kriegen«.

Wenn ich es auch ungeschickt ausdrücke, gelingt es mir, unseren Kumpel unverzüglich zu erreichen.

»Mein Walter? Diese ›Mission‹ habt Ihr Weihnachten erledigt und abgeschlossen. Seitdem habe ich den liebevollsten ›Papa‹ der Welt«.

Als wir ihm im Detail erklären, was wir vorhaben, ist er Feuer und Flamme für das neue Projekt.

Ohne Frage möchte er ein Teil der Truppe werden, die alten und kranken Menschen hilft - mit nichts anderem als Aufmerksamkeit.

Der Gedanke, jeden Tag bei seinem Herrchen zu sein, ist der ausschlaggebende

Punkt für den symbolischen Vertragsabschluss per ›Pfoten-Abklatschen‹.

Wir liegen auf dem Rasen, genießen die Sonnenstrahlen, die unser Fell wärmen und jeder trägt seinen Teil dazu bei, ein bemerkenswertes Programm auf die Beine zu stellen.

Es wird nicht umsetzbar sein, ohne manches Mal die Heimleitung zu verärgern, was Eddy und ich verschweigen, um Wally nicht unnötig zu verunsichern.

»Wann starten wir?«, will der von Euphorie Beflügelte wissen und scheint endlich glücklich zu werden, als er erfährt, dass wir am nächsten Tag die Seniorenresidenz ›zum Wackeln‹ bringen.

Sein Lachen deutet darauf hin, dass er es als unseren Humor versteht und es spricht nichts dagegen es stehenzulassen.

Zwei ›Wale‹

Walter ohne Wally?
Ich muss lachen.

Mir ist vorher nicht aufgefallen, dass beide Namen mit ›Wal‹ beginnen.

Das Leben bleibt spannend durch diese mystischen Zeichen.

Die Zusammenführung kann beginnen.

Noch sitzen wir zu Hause und sprechen mit unseren ›Mamas‹.

»Wann haben wir Euch für uns?«.

Diese Frage, mit vorwurfsvollem Unterton, müssen wir uns gefallen lassen. Das Familienleben kommt viel zu kurz.

»Was haltet Ihr davon, dass Eddy und ich nach dem Auftrag ›Heimumkrempeln‹ eine längere Pause einlegen? Im Zeichen unseres Privatlebens«.

Täusche ich mich beim Analysieren ihrer Blicke?

Ich sehe mich nicht als ›Baron Mönchbanausen‹.

»Ihr entscheidet im Vorfeld, wozu Euch das Leben aufruft und erzählt uns im Anschluss von den geplanten Vorhaben. Was bleibt uns, außer es zu akzeptieren? Was Euch glücklich macht, füllt uns aus. Die Idee mit gemeinsamer Zeit wird vorerst aufrechterhalten, falls Ihr es schafft, die Pfoten mal stillzuhalten. Wenn wir uns das Zusammenleben mit Hunden auch ein wenig anders vorstellen, spricht nichts gegen unsere Unterstützung. Macht los. Brecht keine Regeln, hört Ihr?«.

Mit Küsschen werden wir verabschiedet und ich bin heilfroh, dass auf Letzteres keine Antwort erwartet wurde.

Nachdem wir einen aufgeregten und übernervösen Wally abgeholt haben machen wir uns auf den Weg zur Heimleitung.

Notwendiges Übel, dass der Neue als Akteur kurz vorgestellt wird.

Diese Frau habe ich als harsch und streitwütig in Erinnerung und ich hätte nicht geglaubt, dass eine Steigerung möglich ist.

»Was wollen die denn wieder?«, hören wir, wie sie genervt ihre Sekretärin anmault.

Wally zittert und lehnt ein Personalgespräch ab, bis Eddy ihn durch die halb offene Tür vor uns herschiebt.

»Moin, Frau ›Vortagsengel‹. Haben die Alten sie heute besonders verärgert?«. Eddy hält den Kopf schräg und denkt, auf diese Weise einen Zugang zu ihr zu bekommen.

Er liegt falsch.

»Hör mal, Du weiß-dreckiger Bursche. Ich lasse mich nicht auf das Niveau dummer Hunde herab. Getrost lasse ich Euch auf die Heimbewohner los, die meisten kriegen nichts mehr mit. Ich spiele in einer anderen Liga, wenn ich schon den kleinen Fatzken da sehe«.

Tatsächlich meint sie mich.

»Ich bin ein Shih Tzu, ›Frau Neunmalklug‹. Meine Rasse gehört den Besonderen an. Einst haben wir in Tibet Klöster bewacht«.

Ein gellendes Lachen, das an eine Hexe erinnert und von dem ich wünschte, es würde ihr im Hals stecken bleiben.

»Wachhund? Überschätzt Du Dich nicht? Niemanden würdest Du auf Abstand halten, weil Du schier übersehen wirst. Wer ist der Pummelige neben Dir?«.

»Wally«, hören wir unseren Kumpel leise antworten.

»Walze trifft es eher. Du bist der Ableger von ›Mecker-Walter‹? Das kann heiter werden«.

»Du hochnäsige Alte«, setze ich unsere ›Mission‹ unverzüglich aufs Spiel. »Stecken in Dir größere Talente, als andere kleinzumachen? Wählt man aus dem Grund diese Position, auf der Du Dir täglich den Po platt sitzt und andere schaffen lässt? Wir hatten einen Deal. Du bekommst kostenlose Arbeitskräfte und lässt uns im Gegenzug in Ruhe. Menschen wie Dich interessiert Profit. Beweise nicht dumm zu sein und nutze die Vorteile. Sonst sind wir weg«.

Nein, wir werden nicht vor die Tür gesetzt, allerdings gemaßregelt.

Sie wolle uns nicht mehr in ›ihrem Heiligtum‹ sehen und keine Beschwerden hören.

Schauen wir mal.

Die Sekretärin lächelt entschuldigend, als wir das Vorzimmer der Teufelin verlassen.

Vorrangig gilt es, Walter zu finden und ihm zu berichten, dass er die nächsten Wochen nicht ohne seinen geliebten ›Fellfreund‹ verbringen muss.

Im Extremfall kehren wir vom Trio auf ein Duo zurück, falls wir Wally nicht von seinem Herrchen wegbekommen.

Denke ich darüber nach, wie oft Eddy und ich uns am Rande der Illegalität bewegen und Gesetze nicht einhalten, eher solche umschreiben, bekomme ich ein schlechtes Gewissen, die liebe kleine Bulldogge mit hereinzuziehen.

Aus den Gedanken gerissen werde ich vorm Gebäude, als zwei Herzen zueinanderfinden.

Die Freude der ›zwei Wale‹ entschädigt für die Konfrontationen mit der Frau, die noch denkt, dieses Haus im Griff zu haben.

Für den Nachmittag ist eine Veranstaltung im Gemeinschaftsraum vorgesehen, bei der uns zwei Mitarbeiter offiziell begrüßen und uns den Bewohnern vorstellen.

Klingt nach anstrengendem Acht-Stunden-Tag.

»Ich erledige keine Zwangsarbeit wie die Menschen, Eddy«, mache ich deutlich, dass ich den Spaß an unseren ›Missionen‹ nicht verlieren will.

»Wir investieren die Zeit, die uns und den Senioren guttut Mo. Viel kann - nichts muss sein. Lass uns die Räume anschauen«.

Es war abzusehen, dass Wally bereits bei der ersten Amtseinführung querschießt.

Er will bei seinem Walter bleiben.

»Lassen wir das ›Team WEM‹ sterben?«. Ich schaue meinen Buddy an.

»Gib ihm die Zeit, die er benötigt. Wichtig ist, dass er eine Berechtigung erhalten hat, jeden Tag hier zu sein. Als Eddy und Mo sind wir ein unschlagbares Team«.

Ich pflichte ihm bei und freue mich auf eine ausgiebige Erkundungstour durch die Zimmer.

Raus aus ›meinem Kloster‹

Fragt sich jeder Mensch einmal in seinem Leben, wie er aus Hundeperspektive alles um sich herum wahrnehmen würde?

Ob es an meiner Körpergröße liegt, kann ich bis heute nicht beantworten, wenn ich gefragt werde, warum mich vieles erschreckt.

Gigantisch wirken hier bereits die Möbel.

Ich denke über das Verhalten der Heimleiterin nach.

Geld zu scheffeln, fernab von Herzensbildung, - was daran füllt sie aus?

Hier leben Menschen, die sich am Ende ihres Lebens völlig umzustellen haben.

Von Heimen habe ich gehört, in denen zumindest Teile des alten Hausstandes von den Bewohnerinnen und Bewohnern mitgenommen werden dürfen. In diesem Kabuff ist es anders.

Die Zimmer sind dürftig ausgestattet, mit Betten, Schränken und Tischen aus Holz, zumindest hell gestaltet.

Steril wirkt es trotz allem und verinnerlicht einen Krankenhauscharakter.

Wäre ich gebrechlich und in diesem Gebäude untergebracht, würde ich täglich auf die Entlassung nach Hause warten.

An der Flurwand hängt ein Bild, auf dem Farbkleckse zu sehen sind.

Moderne Kunst, erklärte mir Eddy. Viel schöner wären idyllische Landschaften oder Tierporträts.

Mein Kumpel ist gerade mit Walter und Wally nach draußen gelaufen, während ich mir weiter diese Halle anschaue, was mich ermüdet.

Diese Ruhebank ist das einzige Objekt, das mir gefällt.

Da sie auf nicht hohen Beinen steht, schaffe ich es ohne Anlauf, sie zu erklimmen und lege mich erschöpft auf die Kissen.

Mit einem schönen Traum angesichts dieses ›Abstellgleises‹ rechne ich nicht, dennoch führt an einem Nickerchen kein Weg vorbei.

Ich laufe durch einen Palast.

Ist das nicht ›mein Kloster‹ in Tibet?

Überall befinden sich diese Buddha-Skulpturen, die für ein wohliges Gefühl sorgen. Ich liebe diese hohen Räume, in denen überall frische Blumen stehen, ›Nebler‹ und Heimat-bilder zieren die Wände.

Bin ich inzwischen senil und in meinem Paradies untergebracht?

Entsprechend muss es aussehen, in Würde zu altern.

Wo ist Eddy?

Ohne ihn möchte ich nicht das letzte Stück Weg gehen und ich begreife, dass Einsamkeit das zweitschlimmste Problem darstellt.

Mein Blick, den ich gerade traurig abwenden will, bleibt an dem riesigen Panoramafenster kleben.

Da springt mein Freund mit einer alten Frau herum.

Ist das wirklich ›Omama‹?

Sie trägt ein glitzerndes Kleid, hat den Rollator abgestellt und sie tanzt, was Eddy zum Personaltrainer animiert.

Hier wohnt das Glück.

»Hey, was soll das?«, höre ich eine kreischende Stimme neben mir und bekomme einen Klaps auf den Rücken.

»Pass auf, dass Du an Deiner Faulheit nicht erstickst«.

Gruselig, wie die ›Hyäne‹ neben mir steht und mit den Händen herumfuchtelt.

Ihre Worte tangieren mich nicht, es ist eher der Ausdruck ihrer Augen.

Für wen hält sie sich?

»Raus aus meinem Kloster«, schreie ich. »Du kennst die Liebe nicht«.

»Zeit für kindliche Träumereien? Mit Dir ist weniger anzufangen als gedacht«.

»Wie Du meinst. Ich nehme Dir nicht übel, dass Dir die wichtigen Dinge fremd sind. Schau Dir diesen Bunker an. Wollt Ihr, dass sich niemand wohlfühlt? Dann ist Sterben eine Erlösung und Du verdienst weniger Geld. Hat unter Deinem Kommando je jemand getanzt?«.

Die Frau ruft nach ihrer ›Schreibsklavin‹, die mich entfernen soll und rauscht kopfschüttelnd ab.

Ihre Sekretärin streichelt mich und versucht mich aufzubauen.

»Weißt Du, ›kleiner Pelz‹, wie sehr ich mir eine andere Chefin wünsche? Ich bin auf diesen Job angewiesen und muss tun, was sie mir aufträgt«.

»Ich gehe freiwillig. Mein Kloster war ein Traum. Ein Ort, an dem alle uralt werden könnten. Wohlfühlen kann sich hier keiner. Hast Du einen anderen Eindruck?«

Sie schüttelt verneinend den Kopf.

»Wenn eine Dame oder ein Herr weinend in mein Vorzimmer kommen, nachdem sie das Gespräch mit der Leiterin gesucht haben, würde ich gern mit ihnen heulen. Meine Eltern sind ebenfalls in einem Alter, in dem Pflegebedürftigkeit einsetzt. Seit ich hier beschäftigt bin, habe ich Abstand von der Idee genommen, sie könnten in einem Seniorenstift gut untergebracht sein. Mein Mann und ich haben sie in unser Haus geholt und wir sind uns einig, beiden so was wie hier zu ersparen«.

»In meinem Kloster wären sie glücklich«.

Ich erzähle ihr von meinen Erinnerungen an meine Heimat, die gute Behandlung in dem schlossähnlichen Palast und dass alte Menschen dort verehrt und mit Hochachtung behandelt werden. Ein Abschieben gibt es nicht und erst recht keine Person, in deren Händen das Leben vieler gelegt wird.

»Wenn es doch jemanden wie meine Vorgesetzte bei Euch geben würde?«, will sie wissen.

»Dann hätte sie eine andere Funktion. Sie dürfte exotische Pflanzen verwalten oder Kochtöpfe«.

Sie lacht, was ich genieße.

Mit dem unsanften Geweckt-Werden musste ich schlagartig ›raus aus meinem Kloster‹ und realisiere, dass hier viel nach Veränderung schreit.

Ich springe von der Bank, lächele der unglücklich wirkenden Dienstmagd zu und mache mich auf die Suche nach Eddy, meinem erdachten Klostervorsteher.

›Klimaschutz‹

Einfacher Zugang zu den Zimmern wäre zu leicht gewesen und hätte unseren ›Missionen‹, bei denen wir durch Barrieren wachsen, einen Beigeschmack verpasst, der nicht mit ›Eddy und Mo‹ vereinbar wäre.

Gegen Anklopfen spricht vieles, schließlich ist uns von dem jeweiligen Bewohner unbekannt, ob ein Handicap vorliegt.

Nicht jeder kann aufstehen und problemlos die Tür erreichen.

Ungern gebe ich zu, dass ich nicht heranreiche.

»Eddy? Wir lösen die ›Klimaaktivistin‹ ab«.

»Meinst Du die Putzfrau?«.

»Pfui, wie abwertend. Sag Raumpflegerin oder ›Staging-Queen‹«.

»Euer Ehren«, mein Freund verneigt sich übertrieben und belustigt, »bleibt die Frage, wie Du der ›Staging-Koryphäe‹ den Staubsauger abnimmst, ohne dass sie zur ›Heim-Hexe‹ läuft«.

Daran habe ich nicht gedacht.

Freiwillig lässt sie uns nicht in ihrem Revier wildern und ich bezweifle, dass wir sie begleiten dürfen.

Nicht jeder lässt sich durch einen treuen Hundeblick erweichen.

Größtenteils ist es Eddy, der die klügsten Ideen besitzt, die gut umsetzbar sind.

Dieses Mal will ich ihm beweisen, dass ich ihm kaum noch in etwas nachstehe.

Vieles habe ich mir abgeguckt und dazugelernt, wie man Strategien entwickelt.

»Nicht einschreiten, wenn ich über mich hinauswachse. Du hältst Dich bitte dezent im Hintergrund«.

Fragend schaut er zu mir, als traue er mich nicht zu, dass ich mir heute einen Orden verdiene.

Mit einer Pfote schiebe ich ihn hinter einen Flurschrank, als ich höre, wie die heiß ersehnte

Mitarbeiterin mit ihrem Ordnungsequipment anschiebt.

»Du bleibst still hier sitzen«, flüstere ich und beobachte, wie die Dame eine Tür öffnet.

Hinter ihr herschleichend erblicke ich den Hauswirtschaftsraum.

Zugegeben, ernsthaft durchdacht ist mein Plan nicht.

Mit dem Rücken zu mir stehend entgeht ihr, wie ich eine Flasche mit Reinigungsmittel um- schütte, das sich schnell zu einer Rutschbahn entwickelt. Flink schnappe ich mir zwei Häubchen und laufe zurück zu Eddy.

»Was sind das für Dinger?«

»Du musst eine tragen, damit keiner uns erkennt«.

»Mein Gott Mo«, klatscht sich mein Freund vor den Kopf. »Die Menschen hier sind älter und pflegebedürftig, nicht aber blind«.

Klugscheißer.

Es muss uns gelingen, uns auf den Hinter- beinen fortzubewegen, damit uns niemand als Hunde erkennt.

»War das Dein grandioser Plan? Zugang zu den Zimmern bleibt trotz der hässlichen Kopfmasken versperrt«. Eddy mosert bis er ein Poltern und Klirren hört.

»Das hört sich nach Sturz an, Mo, wir müssen ihr helfen«.

»Bist Du wahnsinnig?«, reiße ich ihn zurück, laufe an ihm vorbei und entferne den Türstopper.

Problem erledigt.

In der Hoffnung, dass sie sich nicht ernstlich verletzt hat, präsentiere ich meinem Kumpel die Karte, mit der jede Tür zu öffnen ist.

»Das geht zu weit«, stoppt er mich.

»Ist Seife«.

»Du trägst die Schuld?«.

Habe ich in seinen Augen nichts geschafft, auf das ich stolz sein kann? Quatsch, wahrscheinlich ärgert ihn, nicht selbst auf die Idee gekommen zu sein.

Diese Überzeugung überlebt keine fünf Minuten, als er mich wütend anschreit.

»Du verhältst Dich wie ein pubertierender ›Tzu‹. Meinst Du, wir bleiben glaubwürdig, den

Menschen Gutes zu tun, wenn sich zeitgleich jemand die Knochen bricht? Sie liegt hinter der Tür, hilflos und verletzt. Schütteln möchte ich Dich, damit Du begreifst, wie Du von unserem Weg abdriftest«.

Tränen steigen in mir auf.

Ich hatte kein Recht, das zu tun.

So bin ich überhaupt nicht und ordne es als Folge meiner Ratlosigkeit ein, wie wir unsere ›Heimmission‹ starten können.

Stolz sein sollte Eddy auf mich, das war mein sehnlichster Wunsch.

»Wenn die Frau stirbt, besuchst Du mich hinter Gittern?«, will ich mit tränenerstickter Stimme wissen.

Eine Antwort bleibt er mir schuldig und rennt weg.

An der Tür lauschend höre ich rein nichts.

Kein Rufen oder Wimmern.

Verdammt, sie ist nicht mehr am Leben.

Wie konnte ich das tun?

Eddy kehrt in Begleitung von Walter und Wally ›zum Sterbeort‹ zurück.

Als Walter die Tür öffnet, sehen wir, dass die Frau - munter und unversehrt - auf dem Boden sitzt und wenig überrascht wirkt, dass drei Hunde sie anstarren.

»Na, ein Kennenlernen habe ich mir anders vorgestellt. Ich wusste, dass ab heute Vierbeiner im Haus sind, dass ich das aber spürbar merke, damit habe ich nicht gerechnet«.

»Es tut mir schrecklich leid, was ich getan habe«, nehme ich die Schuld sofort auf mich.

»Du bist ein Shih Tzu, oder?«.

Ich nicke.

»Einer der besonderen Art. Warum kippst Du meine Waschlotion aus?«, will sie wissen.

Ehrlichkeit rehabilitiert mich.

»Nicht jede ›Klimaaktivistin‹ liebt Hunde«.

Sie lacht bei meinen ersten Worten, ohne meinen Redefluss zu unterbrechen.

»Wir möchten jeden einzelnen Bewohner hier kennenlernen, nur quälen uns schwere Bedenken. Wie kommen wir in die Zimmer? Hätten wir Dich gebeten uns überall hereinzulassen, hättest Du uns geholfen?«.

»Habt Ihr es versucht? Meine Liebe gilt Hunden und ich beherberge zwei zu Hause. Nichts ist wertvoller für die Menschen als Eure Gegenwart. Ihr hättet nur fragen müssen, dann hätte ich Euch auf jedes einzelne Bett gesetzt«.

In mir zieht sich alles zusammen, weil ich befürchte, jegliche Chance verspielt zu haben.

Langsam richtet sie sich vom Boden auf.

»Ich bringe Euch zu Marianne. Heute ist ihr Geburtstag, Besuch erhält sie seit zwei Jahren nicht mehr«.

»Wollten wir hier im Heim nicht Lustiges erleben und für Spaß sorgen?«. Eddy berichtet über unsere zurückliegenden ›Missionen‹, die uns emotional bewegten, sodass wir diesmal bewusst in eine andere Richtung gehen wollen.

Die Antwort beschäftigt uns lange, mit der wir uns von einer Vorstellung verabschieden müssen.

Dies ist kein Ort für Spiel, Spaß und Spannung.

Hinter den Türen treffen wir auf Schicksale.

Einsamkeit, Traurigkeit, Leeregefühle.

Wir stellen uns darauf ein, dass es Sinn macht, uns mit jedem Weg auseinanderzusetzen, auf dem die Bewohnerin oder der Bewohner sich vor der hiesigen Zeit befunden hat.

Marianne

›Omama‹

Diese Frau erhält keinen Besuch?

Sie entspricht in jeglicher Hinsicht meiner Vorstellung von einer liebevollen Omi.

Graue Haare, Hautfalten, die ein Leben erzählen und ein umwerfendes Lächeln, als sie Eddy und mich sieht.

Wir feiern Geburtstag, was sich nach entspanntem Tag anhört.

Heute ist sie 92 Jahre geworden und sie habe sich nicht vorstellen können, dass dieser Tag was Schöneres oder anderes bereithält als alle Feiertage zuvor.

»Meint sie uns?«, frage ich leise und bevor mein Kumpel antworten kann, streckt sie mir ihre Hand entgegen.

»Ihr seid goldig. Dass Ihr sprechen könnt verunsichert mich. Was, wenn nur ich Euch höre? In meinem Alter hat man schnell den Eindruck, dass man zu spinnen beginnt«.

»Herrje nein, ›Omama‹. Alle hören uns, kein Grund zur Sorge«, beruhige ich sie.

Wir singen für Dich - heute ist Dein Tag.

Bei den ersten Takten hält sie sich die Ohren zu.

Es klingt traurig, als sie uns bittet aufzuhören.

Sie möge nicht gefeiert werden, zum einen habe es nie jemand getan, zum anderen sehe sie keinen Grund, glücklich zu sein, die Augen heute früh abermals geöffnet zu haben.

»Sag das nicht. Du wirst gebraucht«, findet Eddy die für mich schönsten Worte für einen Menschen, dem für vieles zu danken wäre, was an ihr scheinbar abprallt.

»Von wem? Ich habe vier Kinder großgezogen, nach dem frühen Tod meines Mannes zum Teil alleinerziehend. Finanziell musste ich kämpfen, dennoch stellte ich mir nie die Frage, ob ich helfe, als einer meiner Söhne in Schwierigkeiten geriet. Er musste den Konkurs verkraften, mit einer Firmenidee, die von Beginn an auf wackeligen Beinen stand. Meine Altersvorsorge ging vollständig verloren, womit ich meine drei anderen Kinder verärgert habe. Im Grunde habe ich die letzten Jahre vor meiner Heimunterbringung zurückgezogen gelebt. Von neun Enkeln besuchten mich zwei, wenn ihre Geldbeutel gähnende Leere aufwiesen. Erwarte ich zu viel? Ich spiele hochbetagt in dieser Gesellschaft keine Rolle mehr. Meine Freunde, die mir wichtig waren, sind längst ›auf der anderen Seite‹«.

Marianne blickt aus dem Fenster.

»Warum wohnst Du hier und nicht bei Deinem Sohn?«.

Ich verstehe nicht, warum er sich nicht um sie kümmert, war sie es doch, als sein Hintern gerettet werden musste.

»Tobi arbeitet viel«, sagt sie entschuldigend und es klingt wie eine Lüge.

»Es wäre viel verlangt zu erwarten, dass er für mich Zeit findet«.

Uns erschüttert, dass eine Mama ihren Sohn anbetteln muss, um von ihm das Gefühl zu bekommen, ihm wichtig zu sein.

Im Laufe unseres Gespräches stellt sich das erklärende Drama heraus.

In unseren Augen ist Tobi ›der Klassiker‹.

Fehlinvestitionen und Schwächen in der Kalkulation führten zur Insolvenz.

Zu keinem Zeitpunkt von seiner Mama fallengelassen, kam er schnell auf die Beine und stürzte sich in neue waghalsige Projekte.

Einmal verspekulierte er sich an der Börse, ein anderes Mal fuhr er ein Franchise-Unternehmen gegen die Wand.

Zuletzt sei er aus Geldnot zurück in sein Elternhaus gezogen, was Marianne zuerst glücklich gemacht habe. Das Alleinsein zuvor hätte sie arg gequält. Durch seine Probleme und die daraus resultierenden Zukunftssorgen agierte er öfter gegen seine Mutter, fühlte sich bevormundet und abgewertet, weit entfernt von Mariannes Wohlwollen.

Seinen Vorschlag nahm sie dankbar an, ihm das Haus zu überschreiben, um sie zu entpflichten und ihr ein lebenslanges Wohnrecht einzuräumen.

Schlagartig verlor sie mit dieser Entscheidung alles, woran ihr Herz hing.

Das Haus, in dem sie mit ihrem Mann die glücklichsten Jahre ihres Lebens erlebt habe, kam ›unter den Hammer‹.

»Ich habe den Fehler gemacht, meinem Sohn blind zu vertrauen. Der vorgelegte Vertrag enthielt nichts von seinen mündlichen Zusagen. Schlimmer noch traf mich ein Brief vom Amtsgericht über die Einrichtung einer gesetzlichen Betreuung durch Tobi für Vermögenssorge und Gesundheitsfragen. Mein Widerspruch wurde abgelehnt. Augenscheinlich habe ich an verschiedener Stelle Gedächtnislücken aufgewiesen, die meinen Hausarzt veranlasst haben, meinem Sohn in seinen Absichten beizupflichten. Keine drei Monate später bekam ich diesen Heimplatz, früher eine Horrorvorstellung für mich. Tobi verkaufte mein Haus, woraufhin es zu weiteren Streitigkeiten mit meinen anderen Kindern kam, die ebenfalls Ansprüche stellten. Sie beschimpften mich als dumm und senil. Nun lebe ich drei Jahre hier auf zehn Quadratmetern.

Als hätte ich nie eine Familie gehabt.

Der einzige Besuch erfolgt durch den Heimbetreuenden Arzt«.

Wie kann Marianne das schildern, als wäre nichts geschehen?

Keine Träne begleitet diese unbeschreibliche Härte.

»Hasst Du Deine Kinder dafür?«, interessiert mich, was es mit ihr macht.

»Nein. Ich liebe sie trotz allem. Das Leben ist nicht fair und ich erfülle keinen Zweck mehr. Gäbe es Reichtümer oder Wertvolles, was ich in ein Testament aufnehmen könnte, hätten sie mich heute nicht einsam zurückgelassen. Alles erhielt Tobi und ich habe spät begriffen, dass es meinen anderen Kindern wehtat. Ich habe verdient, ›als Mama enterbt‹ zu sein«.

»Du sagst das, als würde Dir das nichts ausmachen«, schüttelt Eddy den Kopf.

»Mir als Außenstehender tut es weh, wie man Dich förmlich menschlich aussortiert. Das tut man verdammt noch mal mit einer Mama nicht«.

»Ihr seht es nicht objektiv. Hat man die Pflicht als Mutter erfüllt und Ansprüche verwirkt, darf man nicht erwarten, dass einem auf ewig gedankt wird«.

Meine Tränen verraten, wie aufgewühlt ich bin.

»Verzeih, dass ich es anders sehe als Du, ›Omama‹. Als Mensch bist Du verdammt noch mal sehr viel wert, nicht nur, wenn Du gibst. Das hast Du indirekt geäußert und beschreibst materielle Dinge. Was bitte ist mit Liebe, Fürsorge, Hilfsbereitschaft? Du lässt Dich menschlich reduzieren. Wir kennen Dich nicht, doch ich spreche voller Überzeugung für uns beide, dass Du eine bemerkenswerte Frau warst und geblieben bist. Herzensgut und liebevoll. Mitnichten hast Du verdient an Deinem Geburtstag hier zurückgelassen zu sitzen«.

Eddy nickt.

Nun habe ich noch einen wunden Punkt gefunden.

Marianne laufen lautlos Tränen übers Gesicht, die ihr scheinbar peinlich sind.

Wenn jemand ein Recht darauf hat, Ungerechtigkeiten zu beweinen, dann diese Frau.

Es klopft und die ›Klimafee‹ steht in der Tür.

»Na Marianne. Sind die beiden ›Fellknäuel‹ lieb zu Dir?«

»Wie kein anderer seit Jahren«.

Wir sollen die ›Aktivistin‹ begleiten, weil sie uns die weiteren Zimmer zeigen wolle, wogegen wir uns angesichts der letzten Stunde entschieden wehren und die Inaugenscheinnahme auf den nächsten Tag verschieben.

Heute bleiben wir bei ›Omama‹.

Nicht nur im Zuhören sind wir Profis, Trösten und Ablenken gehören zu unseren Paradedisziplinen.

Der Geburtstag ist nicht irgendein Tag und wir werden ihren in besonderer Art gestalten.

Im Grunde müssten Eddy und ich diesen Tobi aufsuchen, um ihm den Kopf zu waschen, bevor es zu spät ist.

›Böllerparty‹

Wir nutzen die Zeit zum Planen einer unvergesslichen Party, die uns ›Omama‹ durch ein Nickerchen großzügig einräumt.

Auf dem Sprung nach Hause stoppt uns die ›Heim-Hyäne‹.

»Ihr habt längst nicht Feierabend«.

»Was an freier Zeiteinteilung müssen wir Ihnen erklären?«, fühlt sich Eddy sichtlich provoziert.

»Wir arbeiten unentgeltlich, ›Miss Herzverwelkte Profitjägerin‹. Bevor Sie meckern, sollten Sie sich vergewissern, dass Sie keinem Irrtum unterliegen. Wir verlassen zwar Ihr Palais für kurze Zeit, organisieren zeitgleich etwas Exemplarisches für eine Bewohnerin. Noch Fragen?«.

Kopfschüttelnd lässt sie uns wortlos stehen.

»Wenn einem die Argumente ausgehen«, rufe ich hinterher und freue mich auf daheim.

»Ist Dir eine Idee gekommen, Mo?«.

»Böllerparty. Durch den ganzen Ort«.

Dass Eddy zuweilen auf Anhieb nicht versteht, was mir durch den Kopf geht, grenzt an Zeitverschwendung, die in Endlosdiskussionen münden.

»Böller sind einzig zum Jahreswechsel erlaubt«.

»Wie bitte? Wer will es uns verbieten?«.

»Der Staat? Die Polizei?«.

Mir das Lachen zu verkneifen fällt schwer.

»Ich lasse mir von Ordnungshütern nicht verbieten unseren Wagen zu holen«.

»Was für einen Wagen?«.

»Den Böllerwagen, der im Schuppen parkt«.

Endlich kommt meinem Freund die Erleuchtung.

»Du willst den Bollerwagen organisieren?«.

»Habe ich doch gesagt. Bezeichne ihn als Karre, wenn Dir das lieber ist, und wenn die Polizisten uns anhalten, bitten wir Sie um Wasserwerfer«.

Bevor er blöd nachfragt, erkläre ich unverzüglich, dass ich diese Luftballons meine, die - prall mit Wasser gefüllt - schön knallen beim festen Hinschmeißen.

»Diese Stinkbomben«.

»Mo? Du kriegst alles durcheinander. Ist Tüdeln ansteckend? Du meinst Wasserbomben, die wir nicht von der Polizei, eher von unseren ›Mamas‹ erhalten«.

»Dann komm und mach nicht alles zu einer Wissenschaft, komplizierter ›Möchtegern-Fremdwörter-Zerleger‹«.

Ich habe konkrete Vorstellungen von unserer Überraschung für ›Omama‹, bis Eddy mich an den Rand des Wahnsinns bringt mit seiner Begriffsstutzigkeit.

»In den Bollerwagen passt, wenn überhaupt, Marianne. Wollten wir nicht mehrere Bewohner zu der außergewöhnlichen Geburtstagsfeierlichkeit einladen?«.

»Im Böllerwagen transportieren wir die stinkenden Wasserbomben, Kekse, Kuchen und Eier«.

»Eier?«.

»Für den Pusch«.

»Punsch, Mo. Wir haben noch eine Flasche Likör in der Vorratskammer«.

»Kein Likör. Im Heim gilt Alkoholverbot«.

»Wovon Deine Eier natürlich ausgeschlossen sind«, grinst Eddy.

»Meine?«.

Seit der verlogenen Kastration, als sie mich angeblich zur Augenoperation bringen wollten, reagiere ich empfindlich auf derartige Bemerkungen, erst recht, wenn sie von einer schäbigen Mimik begleitet werden.

Er merkt, dass ich das Gespräch beenden will.

»Ist noch eine Frage erlaubt?«

»Was willst Du?«.

»Wir benötigen mehrere Ziehkarren«.

»Quatsch, warum?«.

»Weil es Einsitzer sind«.

»Noch mal für Langsam-Denker, Eddy. Der Böllerwagen beherbergt Gegenstände. ›Omama‹ und andere laufen zu Fuß, die sind schließlich nicht gehbehindert«.

Zu Hause werden wir freudig empfangen und die Bereitschaft uns zu helfen ist riesengroß.

Der Bollerwagen steht festlich geschmückt im Flur, mit Blumen dekoriert, die unsere ›Mamas‹ im Garten abgeschnitten haben.

Ein gemaltes Plakat wird ›Omama‹ freuen, auf dem sie namentlich gefeiert wird.

Die ›Eier in der Flasche‹ sind ebenso an Bord wie weitere Fläschchen zum Anstoßen. Alkoholverbot gekippt, schließlich verlassen wir die ›heiligen Hallen‹.

Auf dem Rückweg steigt die Vorfreude auf Mariannes Gesicht, die - traurig aufwachend - feststellen musste, wieder allein zu sein.

Wenn sie wüsste, was auf sie wartet.

Glücklich macht uns die Bereitschaft unserer Frauchen, die bereitwillig den Wagen ziehen, uns bei der Umsetzung des freudebringenden Nachmittags zu unterstützen.

Als wir ihnen von unserem Problem berichteten, nicht ohne fremde Hilfe in die Zimmer zu gelangen, folgte prompt ihr Angebot, die Feierwütigen einzusammeln, die

Lust auf Abwechslung haben. Wir warten draußen mit dem Gefährt, bevor es entwendet wird.

Halte Dich fest, es wird Dich wie uns überraschen.

Unsere ›Mamas‹ kommen mit sage und schreibe zwanzig Personen zurück.

Alle reden angeregt, lachen und sehen aus, als hätten sie verdammt viel Lust auf einen ›Ausbruch‹.

»Guckt her, das sind die Geburtstags-Testpersonen, die wir nicht lange bitten mussten«, überbringen unsere Helferinnen die freudige Nachricht, dass wir mit der Art von Ablenkung goldrichtig lagen. Sie wollen das spüren, was sie zuvor aus ihrem Leben kannten.

Alle versammeln sich rund um den Wagen und jeder erhält eine Rose, die er ›Omama‹ übergeben soll.

»Los Eddy, schnell. Wir müssen die Königin holen«.

Uns spielt in die Karten, dass gerade Kaffee im Heim ausgeteilt wird und die Türen offenstehen.

So auch die von Marianne.

Ich stoße meinen Kumpel an, als wir sie am Fenster sitzen sehen, wie befürchtet, traurig und nachdenklich wirkend.

»›Omama‹. Kaffee ist langweilig, Dein Herz verlangt nach süßem Lustig-Macher«, rufe ich ihr zu.

Hat sich schon mal jemand mehr über unseren Besuch gefreut?

»Wie konnte ich einschlafen? Traurig war ich beim Aufwachen, als ich Euch nicht mehr gesehen habe. Setzt Euch«.

»Nee ›Geburtstags-Queen‹, schwing die königlichen Hufe und komm mit. Alle warten auf Dich«.

Ihren Rollator benutzend, schiebt sie hinter uns her und amüsiert sich köstlich über die Vorstellung, jemandem wichtig zu sein.

Mit der dann folgenden Reaktion haben wir nicht rechnen können.

Als sie den von uns initiierten Empfang entdeckt, beginnt sie zu weinen.

Nicht, dass ihr - wie mir häufig - ein paar Tränen die Wange herunterlaufen.

Ihre Augen füllen sich mit ganzen Seen und sie zittert.

»So was habe ich zuvor selten erlebt. Da steht mein Name«.

Die Blumen, die sie ihr nach und nach überreichen, bilden einen Strauß voller Leben. Ohne zu zögern, greift sie nach dem angebotenen Eierlikör, prostet sich mit den anderen zu und wirkt voller Leben.

Dieser Geburtstag, lauter als bei Kleinkindern, wird ein voller Erfolg.

Untergehakt beim Nachbarn bilden die Senioren eine Kette und marschieren mit uns durch den angrenzenden Wald.

Jedes Beinahe-Stolpern wird frenetisch bejubelt und belacht, was nicht zuletzt an den Süßflüssigkeiten liegt.

Beim ›Stockweitschießen‹ krümmen sich viele vor Lachen, während wir abseits bei unseren Frauchen sitzen und glücklich dem Trubel zuschauen.

»Seht. Dieser Gesichtsausdruck von ›Omama‹ ist unbezahlbar. Sie lebt diesen Tag«, stelle ich zufrieden fest.

Das Donnerwetter, das uns zwei Stunden später erwartet, als wir die angetrunkene Belegschaft zurückbringen, klammere ich aus und lasse nicht zu, dass man uns und Marianne diesen Tag zerstört.

Tobi

Angenommen, die bezaubernde Heimleiterin wäre an konstruktiven Austausch interessiert, bliebe die Frage, ob uns
freie Tage zustehen.

Wir entscheiden uns definitiv gegen die
Option, um Erlaubnis zu bitten, heute im
Außendienst zu arbeiten.

Wichtig ist uns ein Gespräch mit Tobias, der
seine Mama zuerst ausgenutzt und danach
ausrangiert hat.

Was ist er für ein Typ?

Berücksichtigen wir das Alter von ›Omama‹,
müsste ihr Sohn mittlerweile Rentner sein.

Wir kennen seinen vollständigen Namen,
nicht seine Anschrift, unter der er zu finden ist.

Recherchen im Internet durch unsere
›Mamas‹ liefen ins Leere.

Ich könnte einen Aufruf über den Radio-sender starten, der mir kürzlich in jeder Hinsicht weitergeholfen hat.

Was, wenn Tobi seine Mutter nicht wieder-sehen will?

Er würde einen Teufel tun, sich zu melden.

»Eddy? Können wir nicht zu ›Julia‹?«, erinnere ich eine TV-Sendung im Fernsehen. Dort werden vermisste Menschen gesucht, selbst wenn diese mittlerweile das Land gewechselt haben.

»Gute Idee. Wir müssen Marianne einweihen, schließlich wird sie zu einem Teil der Ausstrahlung. Ihr Leben wird auf links gedreht, um herauszufinden, an welcher Stelle sich die Familie verloren hat«.

»Nein, lieber lüge ich und gebe mich als der Suchende aus. ›Omama‹ hat ein Recht auf Ruhe. Lass uns bitte vermeidbare Aufregung von ihr fernhalten«.

»Was schwebt Dir vor?«.

»Ich gaukele der breiten Masse vor, dass er der größte Tierquäler aller Zeiten ist«.

»Sicher, dass Du das richtige Fernsehformat wählst?«, lacht Eddy und denkt eher an ungelöste Kriminalfälle.

Wir benötigen unsere Frauchen.

»Du Eddy? Unsere ›Mamas‹ suchen ihren älteren Halbbruder. Sie könnten ›Julia‹ mitteilen, dass er eine größere Summe Geld geerbt hat«.

»Komm, wir spannen die beiden ein. Eine Bitte hätte ich. Können wir das mit dem Erbe weglassen?«.

Die machen tatsächlich jeden absurden Mist mit und sitzen wenig später ›Julia‹ gegenüber.

Ich dachte, ich beherrsche gut zu flunkern, aber die übertreffen alles.

Beinahe glauben wir selber an das verlorene Familienmitglied.

Es startet eine wochenlange Suche des Fernsehteams nach einem Mann, der sich zu entschuldigen hat.

Meine Güte ist der oft umgezogen.

Viele hat er verärgert, was deutlich wird, als bei ehemaligen Nachbarn nach ihm gefragt wird.

Seine letzte Meldeadresse ist auf einem Campingplatz.

Neugierig verfolgen wir den Live-Video-mitschnitt, als ein grauhaariger alter Mann in seinem Mobilheim tatsächlich angetroffen wird.

Überrascht wirkt er und menschenscheu. Eine Weile vergeht, bis er die Besucherin mit dem Kamerateam hereinbittet.

Hat er sich nicht zeitlebens bereichert?

Warum lebt er auf engstem Raum in äußerst einfachen Verhältnissen?

»Was weißt Du von Deinen Geschwistern?«, will ›Julia‹ wissen.

»Drei habe ich. Sie sind mir egal«.

»Fünf«, korrigiert sie. »Zwei Halbschwestern möchten Dich kennenlernen«.

»Wie bitte? Mama hatte weitere Kinder?«.

»Frag sie«.

»Zu spät. Sie ist verstorben«, lügt er seiner Gesprächspartnerin dreist ins Gesicht.

Mir reicht es.

Wütend renne ich rüber in diesen umgebauten Wohnwagen.

»›Omama‹ hatte gestern Geburtstag und ihr Sohn war - wie immer - nicht dabei«.

Alle gucken mich entgeistert an.

»Du Betrüger. Marianne war gut genug, Dich aus jedem Mist zu ziehen, bis Du sie ausradiert hast. Weggesperrt in einem Heim, auf der sie die letzte Straße lang marschiert, einsam als hätte sie nie eine Familie gehabt. Ich verachte Menschen wie Dich«.

Zu ›Julia‹ gewandt kläre ich auf, dass ›Omama‹ am Leben ist, gesund, aber ohne familiären Background.

»Sie lebt noch?«, wagt dieser Typ zu fragen.

»Besser als Du. Guck Dich um. War es das, was Du Dir aufbauen wolltest? Eine Kate aus

Holz mit spärlichen Sanitäranlagen? Einen hohen Preis hast Du gezahlt. Die Mama zu verleugnen sehe ich als Todsünde. Dass sie noch gut von Dir spricht, ist mir unbegreiflich«.

Mit wenigen Worten habe ich alles gesagt.

Diesen Mann, der nicht weiß, wie Liebe funktioniert, braucht ›Omama‹ nicht auf dem letzten Stück ihres Weges.

Gut, mit meinem Auftritt habe ich die Aufzeichnung des Senders gesprengt und es ist an der Zeit, dass unsere Frauchen Farbe bekennen.

Die Begeisterung der Zuständigen hält sich in Grenzen, bis sie der Vorschlag versöhnt, nach den übrigen drei Kindern zu suchen, um einer alten Frau ihre Herzenswünsche zu erfüllen.

Was zutage tritt, macht alle sprachlos.

Für ihre Kinder ist Marianne tatsächlich gestorben, weil Tobi ganze Arbeit geleistet hat.

Wie wir von einer ihrer Töchter erfahren, sind alle davon ausgegangen, dass ihre Mutter nicht mehr am Leben sei.

Dass sie in einem Heim lebt, überrascht einerseits ihre Töchter, wirft andererseits Fragen auf.

Hat es niemand für nötig gehalten, Abschied von der Mama zu nehmen?

Wie tief muss die familiäre Kluft gewesen sein?

Ich ertrage schwer, was wir weiterhin hören.

Nein, an der Beisetzung habe keiner teilnehmen wollen, zu sehr seien sie von ihrer Mutter enttäuscht worden.

»Sie bleibt Eure Mutter«, mische ich mich ein. »Neun Monate hat sie jeden von Euch ausgetragen, unter Schmerzen Euch ans Licht holen lassen, Euch gepudert und gewindelt. Wer hat die aufgeplatzten Knie versorgt oder am Bett gesessen, wenn Krankheiten Euch mit den Schattenseiten des Lebens konfrontiert haben? Der erste Liebeskummer, Scheitern in Schule und Beruf. Fragt einer sich mal, woher dieses Bedingungslose einer Mama kommt? Hat sie Euch ihren Kummer spüren lassen, als Euer Vater starb? Erinnert Euch verdammt noch mal. Ihre Kraft, wenn sie ihr längst hätte ausgehen müssen, mobilisierte sie für jeden Einzelnen ihrer Kinder. Ihr verdammt sie? Wofür? Seid wütend auf Euren Bruder Tobias, der sie in mancher Hinsicht für seine Zwecke genutzt hat. ›Omama‹ hat nicht verdient, behandelt zu werden, als hätte sie Euch was angetan. Sie ist eine besondere Frau, die seit Jahren für sich leben muss, als hätte es keine Familie für sie gegeben. Was denkt sie bei jedem Blick aus ihrem Zimmerfenster? Was fühlt sie, wenn andere Heimbewohner von ihren Kindern Besuch erhalten? Ihr solltet Euch schämen«.

Mit einem Satz drehe ich allen den Rücken zu.

Scheinheilig sind die Menschen.

Geld entzweit sie und mir ist unbegreiflich, was ›Omama‹ vorgeworfen wird.

Die anderen hätten ihr die Unterstützung für Tobi übelnehmen können.

Aber einen kompletten Schnitt machen?

Angst ums Erbe?

Was für ein menschliches Defizit.

Ich höre, wie Eddy mich zurückruft, doch ich packe es nicht, mir weitere Erklärungen anzuhören, weil es nichts gibt, dass das Verhalten entschuldigt.

Ich muss nach Hause.

In meinem Körbchen finde ich die Ruhe, die ich dringend benötige, um diese charakterliche Demontage zu verkraften.

Als später meine Familie nach Hause kommt, habe ich die erste Stufe der Besänftigung erlangt.

»Sagt nichts. Ich ertrage so was nicht«, erkläre ich mich spontan und erhalte Zuspruch, Verständnis und Streicheleinheiten.

»Auf dem Heimweg hat Eddy etwas aufgeworfen, was nicht von der Hand zu weisen ist«, höre ich meine ›Mamas‹ sagen.

Fragend schaue ich zu meinem Kumpel.

»Mo hör mal. ›Omama‹ kann nicht vergessen sein. Einer zahlt ihre Heimunterbringung oder nicht?«.

»Tobi?«.

»Vermutlich. Wir müssen an die Unterlagen kommen, um uns zu vergewissern. Bist Du dabei?«.

»Morgen, Eddy. Müde bin ich Dir keine Hilfe«.

»Ihr macht nichts Verbotenes, hört Ihr?«, mahnen die Erwachsenen.

Wir doch nicht.

Die spannendsten Dinge bleiben die unerlaubten.

Funktionsfähiger Plan?

Ein Unterfangen, dieses Wach-Werden.

Ich öffne die Augen, doch sie wollen nichts sehen.

Kennst Du dieses Gefühl?

Brennen die Gucker oder bilde ich mir ein, dass sie mir was signalisieren, dem ich nachzugeben habe?

Ich blinzele rüber zu Eddy, der noch schläft. Der hat Nerven.

Wollten wir heute nicht in ›Panzerknacker‹-Manie Papiere stibitzen?

»Hey. Krieg die Klüsen auf«, schreie ich in seine Richtung und er sitzt unverzüglich auf seinem Po.

»Brennen Dir die Augen?«.

»Dir brennt eher das Fell, Mo. Was soll der Scheiß?«.

»Meinst Du, jemand bringt uns die Konto-auszüge an die Schlafplätze?«.

»Deine Ungeduld nervt«.

Mit einem Blick hoch zur Uhr murrt Eddy noch mal nach.

»Es ist mitten in der Nacht«.

»Klar. Beabsichtigst Du bei Tageslicht die nette Sekretärin um Herausgabe zu bitten? Mehr Gespür für den perfekten Diebstahl habe ich Dir dann doch zugetraut«.

»Pass mal auf, Du kleiner ›Problem-Initiator‹.

Zu keinem Zeitpunkt war die Rede von Dieb-stahl.

Wir gucken auf das Geschreibsel, nicht mehr«.

»Weiß ich, aber wann?«.

Mich macht glücklich, dass wir Hunde uns nicht wie unsere ›Mamas‹ im Badezimmer stundenlang restaurieren müssen, bevor wir das Haus verlassen.

Insofern stehe ich auf und bin startklar.

»Kommst Du?«

Eddy fehlt es an einer Idee, anders kann ich mir sein Zögern nicht erklären.

»Gib es zu«, necke ich und bohre in Wunden.

»Was?«, gequält wirkt sein Nachhaken.

»Dass Dir langsam gut umsetzbare Pläne ausgehen«.

»Ich bin dichter dran an einem als Du es je sein wirst«.

Oh, jetzt ist er wach.

»Dann schieß mal los«.

Macht er, nur nicht verbal.

An der Haustür wartend, werden wir von einem Frauchen angehalten. Sie wischt sich über die Augen und schaut zu mir.

»Was wuselst Du hier rum?«

»Ich fussel nicht«.

»Geh schlafen, Mo. Ihr braucht das, um aufzutanken«.

Grütze!

Jetzt ist der richtige Moment, wenn ich auch tue, als würde ich zurück zum Körbchen schleichen.

Kaum ist sie in ihrem Schlafzimmer verschwunden, renne ich zu Eddy, der mit Witz meine Verspätung kommentiert. Ignorieren und losmarschieren.

In der Residenz angekommen scheitern wir am Einlass.

»Da oben, Mo. Du musst klingeln«.

Ein Shih Tzu beherrscht mehr, als jeder denkt. Hübsch aussehen, Kuschelakrobatik, Kopfdurchsetzen. Fraglos gelingt ein Heranreichen an den Knopf nicht ohne Weiteres. Bevor ich meinem Freund einen Anlass biete, sich zu amüsieren schnappe ich nach einem Stock und fuchtele so lange mit dem Ding an der Wand entlang, bis es bimmelt.

»Respekt«.

Höre ich Neid in Eddys Stimme?

Die Glasschiebetür öffnet sich und eine Nachtschwester holt uns herein.

Wie weit sich unser Einsatz herumgesprochen hat, merken wir, als sie uns mit Namen begrüßt.

»Ich bin Svenja und Ihr seid schon jetzt unsere Helden«.

Überrascht ist sie, weil wir plötzlich nachts unsere Dienste anbieten.

Der beste Moment, um ehrlich zu sein, wenn mich mein Freund auch zurückhält.

»Mach keinen Fehler, Mo. Sie setzt ihren Job aufs Spiel, bring sie nicht in diese Bredouille«.

»Sie kann Nein sagen«.

»Wozu?«, will sie wissen. »Kommt erst mal mit. Heute ist eine ruhige Nacht und Eure Gesellschaft kommt wie gerufen«.

Im Schwesternzimmer rücke ich mit dem wahren Grund unseres nächtlichen Einsatzes heraus.

Sie habe sich viele Gedanken um Marianne gemacht und es erschreckt sie, was sie von dieser Familientragödie erfährt.

»Ich mochte sie nie fragen, warum sie keinen Besuch erhält. Sie trägt eine unsagbare Traurigkeit in sich. Dass sie vier Kinder hat, damit habe ich nicht im Entferntesten gerechnet«.

Wir erzählen von den zurückliegenden Ereignissen und sie erkennt schnell, was uns quält.

Ohne dass wir bitten müssen, steht sie auf und flüstert, dass wir ihr leise folgen sollen.

Dieselbe Idee verbindet.

Schnurstracks steuern wir das Vorzimmer der Heimleiterin an, zu dem wir mit dem Generalschlüssel Zutritt erhalten.

Zu schön, um wahr zu sein - die ersehnten Unterlagen sind wahrhaftig nicht verschlossen.

Unsere ›Helferin mit Herz‹ zieht einen Ordner hervor, in dem Mariannes Daten hinterlegt sind und sie liest laut vor, dass - wie geahnt - Tobias als Betreuer eingesetzt wurde.

Damit nicht genug.

Verwaltet wird durch ihn die Rente seiner Mama, die für die Heimunterbringung nicht ausreicht. Der Differenzbetrag wird monatlich von seinem Konto gezahlt. Er überweist in regelmäßigen Abständen zusätzlich Beträge auf ein Taschengeldkonto.

»Wenn er auch nie schafft, seine Schulden zu begleichen, versucht er es teilweise gutzumachen, Eddy«.

»Nicht nur das Mo«, erklärt die Nachtschwester. »Er hat die exklusivste Wohneinheit für seine Mama gewählt. Es gibt hier günstigere Zimmer, die durch die Höhe ihrer

90

Rente abgedeckt wären. Warum besucht er sie nicht?«, klingen ihre Überlegungen traurig.

»Er schämt sich für das, was vorgefallen ist«, bin ich überzeugt.

»Du müsstest sehen, wie er lebt. Er verzichtet zugunsten seiner Mutter auf jeglichen Standard«.

»Sie müssen sich aussprechen«. Eddy grübelt, wie er dies hinbekommt. »Gehen wir ein zweites Mal zum Campingplatz, Mo?«.

Nicht eine Sekunde zögere ich ihm die gewünschte Antwort zu geben.

Bei Tagesanbruch gehen wir unserer geregelten Arbeit nach, verlieren dabei nicht aus den Augen, das Herz von ›Omama‹ zu erreichen, indem sie den verlorenen Sohn zurückbekommt.

Der Doc

›Dr. Vergessli‹
›Tüdelpeter‹

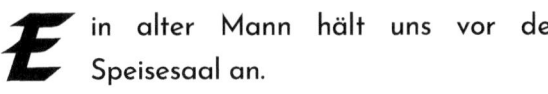in alter Mann hält uns vor dem Speisesaal an.

»Wer seid Ihr?«

»Gestatten, Eddy. Das ist Mo«.

»Freddy und Floh? Putzig. Falsch seid Ihr hier. Die Tierpension ist ums Eck«.

»Er hört schlecht«, flüstere ich meinem Kumpel zu.

»Darf man in dem Alter«.

Eddy gibt ihm einen Wink, den Kopf nach unten zu neigen.

Mit lauter Stimme erklärt er ihm unsere Mission.

»Wir wollen Dir Gutes tun«.

»Warum schreist Du mich an?«

»Entschuldigung, ich dachte, Du hörst nicht richtig«.

»Was ist Euch wichtig?«.

»Musst Du nicht zum Essen?«, will ich ihn bewegen uns durchzulassen.

»Ich habe das nicht vergessen«.

Der Mann lacht und ich frage mich, ob er uns absichtlich vorführt.

Eine Angestellte des Speiseraums steuert auf uns zu, hakt sich bei ihm unter und zwinkert uns zu.

»Komm Peter, Dein Fünf-Gänge-Menü steht bereit«.

Mit Trippelschritten folgt er ihr.

»Ich habe gegessen«, murrt er.

»Das war heute früh«.

»Wer gibt sich Müh?«

Er schaut sich zu uns um.

»Oh, guck mal. Zwei Hunde. Wer seid Ihr?«.

Ich kann mich dem Eindruck nicht erwehren, dass etwas mit dem Mann nicht stimmt.

»Eddy? Was ist mit ihm los?«.

»Er lebt in seiner eigenen Welt« erinnert mein Freund eine Fernsehsendung über Alzheimererkrankungen und klärt mich auf über die Symptome.

»Wenn er alles vergisst, freut ihn überhaupt noch was?«, frage ich traurig.

»Für einen Moment. Ich glaube nicht, dass die Betroffenen leiden. Für das Umfeld sieht das anders aus«.

Wir beobachten den Senior, der an seinem Tisch sitzt und lustlos mit der Gabel in seinem Essen herumstochert, bis Hilfe naht.

Wie ein Kind wird er gefüttert.

Mich erschreckt, was ich sehe.

»Ich würde gern mehr über ihn erfahren, Eddy«.

»Das habe ich befürchtet. Wird ein schwieriges Unterfangen. Stelle es Dir nicht leicht vor, ein geordnetes Gespräch wird unmöglich sein«.

»Peter hatte ein Leben vor diesem unerklärlichen ›Malzeimer‹. Ich will hören, was er beruflich gemacht hat und ob es eine Familie für ihn gibt. Bitte«.

»Versuchen wir es«, lenkt Eddy ein.

Gemeinsam warten wir geduldig auf dem Flur, bis ›Eimer-Peter‹ seinen Mittagstisch verlässt.

Uns kommt entgegen, dass er den Raum unbegleitet verlässt.

»Hallo Ihr zwei«.

Ich stupse meinen Freund an. »Er hat uns erkannt. Schau. Er erinnert unser Gespräch vorhin«, glaube ich anfangs.

»Wer seid Ihr? Und warum geht ihr auf allen vieren?«.

»Wir sind Hunde, das ist normal«, beginne ich einen neuen Versuch.

»Eine Sekunde - was ist katastrophal?«.

Eine persönliche Vorstellung ergibt keinen Sinn.

»Wer bist Du?«, schaue ich ihm direkt in die Augen, die tatsächlich kindlich wirken.

»Ich bin der Arzt. Brauchst Du Hilfe? Wo habe ich meinen Koffer?«. Suchend blickt er sich um.

»Mir gehts gut«.

»Dann rasiere Dich mal. Das Kraut im Gesicht ist okay, hingegen toleriere ich Ganzkörperbehaarung nicht gut. Weil Du hier scheinbar nicht gern lebst, musst Du Dich lange noch nicht gehenlassen«.

»Ich bin ein Hund«, nervt mich langsam seine Missachtung.

»Gesund? Warum klaust Du meine wertvolle Zeit?«.

Eddy zieht mich zurück.

»Er ist krank, Mo. Sorge bitte nicht zusätzlich für schlechte Gefühle«.

»Mach ich doch nicht«.

»Doch. Du wirkst gereizt und der Kontakt, in den Du gehst, ist geprägt von Vorwürfen. Er verärgert keinen absichtlich. Komm, wir gehen«.

Was wir dann beobachten, zeigt mir, wie wichtig der angemessene Umgang mit diesem Krankheitsbild ist.

Eine Pflegerin bringt ihm einen kleinen Koffer und drückt ihm diesen in die Hand.

»Herr ›Dr. Vergessli‹, ich habe sie überall gesucht. Sie haben sicher viel zu tun gehabt.

Ihre Patienten sind versorgt und Sie können einen Mittagsschlaf halten. Die nächste Sprechstunde startet erst morgen«.

»Ist heute Mittwoch?«, fragt er freundlich und lächelt.

Sie nickt und bringt ihn zu seinem Zimmer.

Um mehr über den ›Tüdel-Peter‹ zu erfahren, schließen wir uns der Betreuerin an.

Wieso erinnert er, dass mittwochs die Arztpraxen in der Regel geschlossen sind, während er unverzüglich Namen und Gesichter vergisst?

Wir hören von dieser Angestellten, die uns bereitwillig Auskunft gibt, dass er früher ein angesehener Arzt gewesen sei. Vielen Menschen habe er geholfen und durch Seminare bundesweit Anerkennung erfahren. Vor vier Jahren sei er Witwer geworden, als seine Frau nach einer Demenz verstarb.

Es habe ihn gequält, dass ausgerechnet er ihr nicht habe helfen können.

Mittlerweile sei auch er erkrankt.

Erinnern könne er Bruchstücke aus seiner beruflichen Karriere, nicht seine familiäre

Biografie. Kinder habe das Ehepaar nie gehabt, wenn er auch namentlich nach welchen fragt, was vermuten lässt, dass es Neffen oder Nichten gebe.

»Dann vermisst er seine Frau überhaupt nicht?«, frage ich erschrocken.

»Nein«, legt mir die Frau ihre Hand auf den Rücken. »Damit geht es ihm besser. Er spielt den Heimarzt, was ihn vollkommen ausfüllt«.

»Wenn der richtige Arzt kommt, was dann?«, will Eddy wissen.

»Er spielt mit. Bei einem Aufeinandertreffen bittet er Peter um einen medizinischen Rat. Wenn diese Tipps in seinem Zustand auch realitätsfern sind, macht es den ehemaligen Doktor glücklich helfen zu können und seinen Wert zu erkennen«.

Eine rührende Geschichte, die wir heute Abend unseren ›Mamas‹ berichten.

Sollte ich an ›Malzeimer‹ erkranken, wünsche ich mir, mich an beide und Eddy erinnern zu können. Das Leben darf mir das nicht nehmen.

Ob mir ein Bild-Tattoo erlaubt wird?

Wie gelingt loslassen?

Nach und nach lernen wir die Heimbewohner kennen, von denen wir viele ins Herz schließen.

Jeden zeichnet eine eigene Geschichte aus.

Meine Bewunderung steigt ins Bodenlose für die Menschen, die mit Leidenschaft in der Altenpflege tätig sind.

Ich wäre zu schwach für einen entsprechenden Job, der einen mit dem Loslassen permanent konfrontiert.

Erst gestern hat eine alte Dame ihre Augen geschlossen. Nicht zum Schlafen, konsequent - für immer.

Vor Kurzem haben Eddy und ich an ihrem Bett gesessen, während sie über Erlebnisse aus der Nachkriegszeit berichtete.

Spannend einerseits, wenn die Erzählungen auch mit viel Traurigkeit verbunden waren, berücksichtige ich die schmerzhaften Entbehrungen und die Angst vor dem, ob und wie es weitergeht.

Diese Frau verlor im Krieg ihren Mann und Bruder, was ihr bis ›zum Schluss‹ die Augen mit Tränen füllte.

Wieder verheiratet und eine Familie gründend habe sie ihr ursprünglich geplantes Leben niemals vergessen können.

Die Wirren während des Krieges haben die Menschen nachhaltig erschüttert und ich kann mir nicht annähernd vorstellen, was sie durchlebt haben.

Mir reicht die Knallerei zu Silvester, bei der ich am Jahresende glaube, am nächsten Tag wären wir alle tot.

Auf seltsame Weise wirkte Hilde unnahbar, nahezu versteinert.

Ich habe von ihr wissen wollen, wie sie die dunklen Erfahrungen verarbeiten konnte und ihre Antwort gab viel Input zum Nachdenken. Wen ihr der Krieg genommen hat, hatte sie überhaupt nicht vergessen, die bedrohliche

Zeit rückblickend als Gegner empfunden. Wie glaubt man neu?

Gesprochen habe sie selten über das, was geschehen sei aus Angst, ganze Dämme würden brechen.

Nun lebe sie in einer Welt, in der sie sich lange nicht mehr wohlfühle. Alt werdend habe sie erkenne müssen, dass ein jeder abgelöst werde.

Der Fortschritt der Technik bereite ihr die größten Sorgen, weil sie nichts mehr davon verstehe.

Fernsehen sei die einzige Ablenkung in dem tristen Alltag in ihrem Zimmer, jedoch ertrage sie Nachrichten immer schlechter.

Geschockt hat Eddy wie mich, dass sie sich wünschte, nicht mehr aufzuwachen.

Sie fühle sich unter den ganzen jungen Menschen nicht gewünscht, zumindest manchmal geduldet.

Unerträglich sei der körperliche Verfall. Dieses Angewiesensein auf fremde Hilfe mit großer Scham und Berührungsängsten.

Ich war mir nach dem Gespräch mit Eddy einig, dass wir dringend ein Ablenkungsprogramm implementieren müssen, um die Bewohner, - von denen die meisten denken wie Hilde - auf ›besondere Reisen‹ mitzunehmen, dieser sogenannte Ausbruch.

Im Grunde war das unsere Intention, bevor wir durch ›Omama‹ und ihrem Sohn Tobi vom eigentlichen Grund unseres Jobs abwichen.

Traurig macht mich, dass Hilde sich bis zu ihrem letzten Atemzug gelangweilt hat. Nein, ich werde mich nicht damit auseinandersetzen, dass ein Seniorenheim ein ›Kommen und Gehen‹ ist.

Warum tue ich mich so verdammt schwer damit?

Der Gedanke, dass nächste Woche das leer gewordene Zimmer neu belegt wird, bereitet mir Magenschmerzen.

›Totengräber‹ haben einen noch schlimmeren Job als die Pfleger, die ständig mit dem Tod arbeiten.

Falls uns am Ende dieser ›Mission‹ noch Zeit bleibt, würde ich gern mehr erfahren von den Mitarbeitern, wie sie mit Problemen dieser Art umgehen und wo sie sich persönlich einen Ausgleich schaffen.

»Eddy? Uns läuft die Zeit davon. ›Draußen‹ denkt man, dass man genug davon besitzt, um dies oder jenes noch zu erledigen. Hier drin ist jeder einzelne Tag wertvoll und muss genutzt werden«.

»Du denkst an Hildchen?«

»Warum so schnell?«, frage ich traurig. »Wie gelingt loslassen, wenn man den Sinn nicht versteht?«

»Für sie war es keinen Tag zu früh. Sie hat sich die Ruhe verdient, die sie herbeisehnte, Mo. Für Hilde war jeder neue Tag quälend, wie sie sagte. Gönnen wir ihr den Frieden, den sie

bei den Lieben gefunden hat, um die sie zeitlebens trauern musste«.

Mir laufen Tränen übers Gesicht.

Wozu wird einem das Leben geschenkt, das
einem genommen wird, ohne dass man Einfluss
auf das Wann und das Warum hat?

Ich möchte sie wiedersehen, vieles blieb
ungesagt.

Da tingeln wir durch Obdachlosenheime und
ein Hospiz, während hier eine Frau lebte, die
Sehnsucht hatte nach Austausch. Ich spüre das
einfach.

»Wann suchen wir Tobi auf, um den Zeitpunkt nicht zu verpassen, ›Omama‹ einen Teil
ihrer Familie zurückzubringen? Ich habe Angst,
dass das Schicksal schneller ist als wir, Eddy«.

»Komm. Wir schauen kurz nach Marianne
und heute Abend nach ihrem Sohn. Du hast
recht, Zeit zu verlieren wäre tödlich für noch
rettungswürdige Gefühle«.

Ich schließe mich meinem Freund an und
freue mich auf ›Omama‹.

Vergebung

Wir trauen unseren Augen nicht, als wir die Tür einen Spalt aufschieben, die uns von ›Omama‹ trennt.

Wer sitzt an ihrem Bett?

»Ist das nicht Tobi?«, stoße ich Eddy an.

Er ist es.

Stumm legen wir uns in die Tür und freuen uns bei jedem warmen Wort, das wir aufschnappen.

Sie sprechen sich aus in einer Form, die eher liebevoll als von Vorwürfen geprägt ist.

Tobi bittet seine Mama, ihm seine Fehler zu verzeihen.

Nie habe er sein Leben vorn anstellen wollen und viel zu spät die Tragweite seines Dilemmas erkannt, in dem er tief steckte.

»Weißt Du, Mama, wie ich mich geschämt habe, Dir vor die Augen zu treten? Meine

Schuldgefühle lassen mich keine Nacht durchschlafen. Du warst die Einzige, die selbstlos hinter mir stand. Bedingungslos und mit einer Selbstverständlichkeit, vor der ich mich verneige«.

Tobi beginnt zu weinen.

»Was habe ich Dir angetan?«

Wir sehen, wie ›Omama‹ ihren Sohn in ihre Arme schließt.

»Nichts ist schlimmer als diese Einsamkeit, mein Junge. Dass Du heute bei mir bist, bedeutet mir mehr als das Hadern über das, was passierte. Vermisst habe ich dieses Gefühl, jemandem wichtig zu sein und die Haut zu spüren, die ich früher wie meine eigene pflegte«.

Die zwei tauschen sich aus über ihren Alltag und ich frage mich, wessen bedauernswerter ist.

›Omamas‹, der geprägt ist von Stunden, die sie alleine verbringt und die zäh verstreichen? Oder der von Tobi - mit einem Leben fernab der Zivilisation?

Hinter uns nähern sich Schritte, die lauter werden.

Hoffentlich nicht die Heimleitung, die auf der Suche nach Opfern ist, bei denen sie ihre Schimpftiraden loswerden kann, um sich gut zu fühlen.

Beim Hochschauen blicken wir auf den Rest der Familie, den noch diese eine Tür zu trennen scheint.

Schön kann das Leben sein.

Uns wird signalisiert, dass wir willkommen sind und mit ins Zimmer kommen sollen.

Tobias Augen leuchten, als er seine Geschwister mit uns im Schlepptau erblickt.

Keine Frage, dass er verantwortlich ist für diese besondere Zusammenführung.

Sein Strahlen bleibt obgleich weit hinter dem von Marianne zurück, als sie sich in unsere Richtung dreht.

»Oh, mein Gott«, schlägt sie ihre Hände vor die Augen.

Ergriffen sind wir von diesem Moment, als ihre Kinder sie in ihre Mitte nehmen und ihre Tränen trocknen.

Machen wir uns nichts vor.

Ein weiter Weg liegt vor allen, die Kluften zusammenzuschieben und eine Annäherung herbeizuführen, gerade zwischen den Kindern. Eddy und mich beruhigt es zu wissen, dass ein einsames Herz zum Leben erwacht.

›Omama‹ ist ein besonderer Mensch mit der Gabe, Frieden zu verbreiten. Als sie zu uns herüberblickt, beginnt sie zu lächeln.

»Wie habt Ihr sie gefunden?«.

»Mit Julia« erkläre ich stolz, bemerke aber, dass sie damit nicht viel anzufangen weiß, bis weitere Erklärungen Tobi übernimmt. Er ist es, der als Erster die Hand zur Versöhnung reicht, mit einer Entschuldigung, die keineswegs gequält oder profan klingt.

Selbstkritisch berichtet er über das, was in seinem Leben schiefgelaufen ist.

Viel zu schwach sei er gewesen, sich aus dem Sumpf zu ziehen. Irgendwann sei es zu einer psychischen Angelegenheit geworden, mit Ängsten und Sinnverlust. Nur noch um das eine habe sich sein Denken zentriert, dass es seiner Mama hier an nichts fehle.

Irre ich mich oder beeindruckt dieses Statement seine Geschwister?

Die Distanz zueinander haben alle längst aufgegeben und sitzen nah beieinander.

Gemeinsam überlegen sie, bei wem Marianne künftig am besten leben könnte.

Tobi scheidet aufgrund fehlender Stabilität in der Häuslichkeit von vornherein aus.

»Eddy hast Du gehört? ›Omama‹ bekommt ein Zuhause«.

»Ich bin sprachlos, Mo. So muss das Leben sein. Wer von Euch besitzt das größte Heim?«.

Die älteste Tochter von Marianne meldet sich, als sei sie zurück auf der Schulbank.

»Dass ich da nicht drauf gekommen bin, Mama. Es müssen erst Deine zwei ›Wollies‹ aktiv werden«.

›Aufwach-Töchterchen‹ streichelt uns und fährt fort, dass sie nach dem Tod ihres Mannes und dem Auszug ihrer Kinder ihr Haus seit Langem als zu groß empfunden habe.

Das Untergeschoss sei perfekt für Ihre Mama, die Wohngegend gut angebunden an alle Bedürfnisse des täglichen Lebens.

»Gibt es noch ein Zimmer, das übrig ist?«, will Eddy wissen.

»Seid Ihr herrenlos?«.

»Deine Bezeichnung ist korrekt. Wir haben Frauchen«, grinst mein Kumpel. »Im Ernst. Ich dachte an Tobi. Einen besseren Neuanfang für Eure Familie gibt es nicht. Viel hat er möglich gemacht, dass Marianne hier gut versorgt war«.

Tatsächlich überschlagen sich in den nächsten Minuten lebendige Ideen, bis Tobi sich am Ende freuen darf, dass auch sein zurückgezogenes Dasein mit Leben gefüllt wird.

Er bezieht demnächst die Einliegerwohnung im selben Haus, in dem seine Mama leben wird.

Die schönsten Geschichten schreibt das Leben.

Kuddel

Was passiert mit Hildchens Zimmer? Ich bin im Bilde, dass Menschen durch andere ersetzt werden.

Grausam.

Viel zu schnell.

The ›Show must go on‹ im Zeichen der barbarischen Einrichtungschefin, die am liebsten Geld zählt?

Ich beobachte von Weitem die Schmierenkomödie.

Im Grunde hatte ich mit Eddy auf dem Plan, Walter und Wally in den Park zu begleiten. Den ›Kurzbeinigen‹ kriegen wir kaum noch zu Gesicht, würden wir nicht ab und an gezielt nach ihm suchen.

Er braucht einzig sein Herrchen, das war uns seit dem Tag klar, an dem die beiden sich erstmals begegnet sind.

Von weit her höre ich Eddy nach mir rufen.

Sei nicht böse, mein liebster Freund, dass ich hier sitzen bleibe.

Ich muss sehen, wer Hildchen ersetzt, einfach so - von heute auf morgen.

Die Antwort lässt nicht lange auf sich warten.

Ein noch rüstig wirkender Herr kommt mit einer Reisetasche um die Ecke und wird von einer Mitarbeiterin direkt ins Zimmer geführt.

»Raus da« schreie ich mir die Seele aus dem Leib.

»Hildchen lebt dort, wenn sie auch gerade nicht zu Hause ist«.

Der Mann guckt mich verwundert, hingegen zugewandt wirkend an.

»Ich verstehe nicht«.

»Na, Du beziehst ein Zimmer, das vergeben ist«.

Ich höre zu, wie die mir gut bekannte Pflegerin ihm erklärt, womit ich ein Problem habe.

Voller Stolz berichtet sie über die ›Mission‹, die Eddy und ich hier verfolgen und dass es uns schwerfällt, mit radikalen Veränderungen umzugehen.

»Ich bin Kuddel«, streckt er mir seine Hand entgegen, die ich mit einem Pfötchen abklatsche. »Darf ich hierbleiben, bis Euer Hildchen zurückkommt?«.

»Deal. Du versprichst mir, dass es ihr Zimmer bleibt«.

»Versprochen, ›Robin Mo(od)‹«. »Ich räume ein paar Dinge in den Schrank, die schnell entfernt sind, wenn ich ausziehen muss. Magst Du mir von Deinen ›Missionen‹ berichten?«.

Kurz darauf liege ich auf Hildchens Bett und schaue Kuddel beim provisorischen Einzug zu. Nebenbei erfährt er, was ich mit Eddy alles auf die Beine gestellt habe, dass wir uns diesmal bei der Altenheimstudie schwerer tun als alle Male zuvor. Er zieht eine Augenbraue hoch.

»Wo liegt Dein Problem?«.

»Dass Ihr hier nicht mehr rauskommt. Dieses Endgültige. Das hat was von Entmündigung, Weggesperrt-Sein und Autonomieverlust Kuddel. Ist das Dein richtiger Name?«.

»Knut. Meine Freunde nennen mich Kuddel. Du bitte auch«, grinst er.

»Ich bin lange zur See gefahren und irgendwer hat mir den Spitznamen verpasst, der mir besser gefiel als Knut«.

»Du bist kein typischer Senior«.

»Ach, sag an. Wie sieht der in den Augen von Hunden aus?«.

»Gebrechlicher und nicht mobil wie Du«.

Kuddel lacht.

Er beginnt aus seinem Leben zu erzählen. Die Seefahrt habe ihm alles bedeutet und früh habe er gewusst, dass es keine Alternative für ihn gebe.

»Jeden Tag in eine Fabrik oder Firma zu gehen, um einen Achtstundentag zu absolvieren, um den Feierabend vor dem Fernsehen zu verbringen, das wäre nie mein Ding gewesen. Dieser Zusammenhalt auf See ist einmalig, die Erfahrungen von unschätzbarem Wert. Viele meiner Kumpel haben Familien gegründet, wenn sie auch monatelange Trennungen in Kauf nehmen mussten«.

»Wie ist Deine Familie damit umgegangen?«.

»So weit habe ich es nie gebracht Mo. Ich bin ein Einzelgänger, wenn es um mein Privatleben geht. Zeitlebens war ich mir selbst genug«.

»Angst vor Nähe, richtig?«. Ich kann nicht ohne Erklärungen stehenlassen, in welcher Form er sich vom Leben entschuldigt.

»Das habe ich mit keinem Wort gesagt. Auch nicht, dass es nie Nähe gegeben hat. Vielleicht habe ich nicht gewollt, dass jemand auf mich warten muss. Ich liebe meine Freiheit, die ich auf den Meeren erlebt habe. An Land habe ich vergebens danach gesucht«.

»Hast Du Frauen an der Nase herumgeführt? Schließlich musst Du irgendwo untergekommen sein bei Landgängen«, lasse ich mir keinen Bären aufbinden.

»Du stellst Fragen. Mitunter war es unfair, Beziehungen einzugehen. Doch ich habe schnell deutlich gemacht, dass ich nicht an Dauerhaftem interessiert bin«.

»Gab es keine Frau, für die Du Deine Meinung überdenken wolltest?«.

»Nein. Traurig, oder? Es tut mir leid, wenn ich Dein Weltbild von familiärerem Idyll zerstöre. Doch, warte. Eine hat es gegeben«.

Ich wusste es und warte gebannt auf die Lovestory, von der er mir berichten wird.

»Meine Mama war mein Hafen. Auf sie habe ich mich gefreut und es war dann wie ein Nach-Hause-Kommen. Mit gutem Essen und tiefgründigen Gesprächen fühlte ich mich gesegnet und stärkte mich in ihrer Gegenwart für die neuen Touren auf See«.

Mit einem Mal wirkt Kuddel nicht nur nachdenklich, sondern sehr traurig.

»Eines Tages kehrte ich nach sechs Monaten zurück. Dass es meiner Mama gesundheitlich nicht gut ging, sah ich sofort. Zerbrechlich wirkte sie und gezeichnet. Als sie mir davon berichtete, dass es gestreut hat, wollte ich dieses schreckliche Wort ›Krebs‹ nicht hören. Die Chemotherapie hätte sie am liebsten abgelehnt, doch entgegen der düsteren Prognose ihrer Ärzte vertraute sie auf Gott und lebte für das Fünkchen Hoffnung, sie könnte ein Wunder retten. Am Ende ging ihr die Kraft aus. Mit ihr verlor ich meinen Halt an Land«.

Ich denke an Ann-Kathrin, die ihre letzten Wochen in einem Hospiz verbracht hatte und berichte Kuddel von unserer ›Mission‹, ihrer Tochter zu neuem Lebensmut zu verhelfen.

»Ist es Euch gelungen?«.

»Sie ist auf einem guten Weg. Was machen wir mit Dir? Warum lässt Du Dich hier einsperren und mit Dir Deinen besagten Freiheitsdrang? Du gehörst aufs Meer«.

»Ich fühle mich nicht eingesperrt. Auf See lebt man auf engstem Raum. Dagegen ist mein Zimmer hier ein Saal«.

»Hildchens Zimmer, Du erinnerst Dich?«.

»Sorry, ich Tölpel. Warum wartest Du auf Hildchen?«.

»Nenne sie bitte nicht so. Du hast mir Kuddel angeboten, dann ist dieses freundschaftliche Verniedlichen okay. Für Dich ist sie Hildegard«.

»Du bist...«.

»Anstrengend, sag es«.

»Pingelig wollte ich sagen. Noch mal. Welcher Grund lässt Dich auf Hildegard warten?«.

Ich schaue Kuddel lange schweigend an, weil mir eine Antwort unmöglich erscheint.

»Ich weiß es nicht. Ich tue mich schwer mit dem endgültigen Abschied von einem Menschen. Ich befürchte, dass vieles ungesagt blieb. Sie war eine ›Trümmerfrau‹ und gern hätte ich mehr über ihre Kriegserfahrungen gehört. Sie empfand ihr Leben in den letzten

Jahren zunehmend quälend und wünschte sich einzuschlafen. Verstehst Du das?«.

»Sie ist erlöst, Mo«.

»Das hat Eddy auch gesagt. Mir ist das zu einfach«.

»Wann lerne ich Deinen Freund kennen?«.

Auf einmal fällt mir ein, dass er mit Wally und Walter auf mich wartet.

Wie kann man nur dermaßen die Zeit vergessen?

»Ich hole ihn. Wartest Du hier? Ich will Eddy überreden, dass wir Dich begleiten, sobald Du wieder in See stichst«.

»Ich bewege mich nicht vom Fleck und verteidige das Reich von Hildegard. Sei nicht enttäuscht, wenn Du nachher etwas hörst, das Dir nicht gefällt«.

Was er meint, muss warten.

Schnell laufe ich raus aus der Residenz und suche nach meinem Freund.

Er sitzt mit Wally vor Walter und lässt sich die Sonne auf den Pelz scheinen.

»Bummelst Du Überstunden ab?«, stürze ich auf alle zu.

»Der verlorene ›Bro‹. Du kleiner Schurke willst mich aus unserer ›Mission‹ drängen«, hält mir Eddy scherzhaft vor.

»Quatsch nicht, komm mit. Kuddel wartet«.

»Wen hast Du jetzt aufgetan? Wieder einen ›Heimdoc‹?«.

»Er ist Seefahrer und nimmt uns mit. Ich hoffe, unsere ›Mamas‹ kriegen viel Urlaub«.

Mein Kumpel schüttelt genervt den Kopf, folgt mir dennoch zurück in Hildchens Zimmer.

Auf Anhieb versteht sich Eddy mit Kuddel, die beiden scheinen aus einem Holz geschnitzt.

Schelmisches Necken und dieses unverwechselbare Raubeinige.

Als ich merke, wie abgeschrieben ich bin, schreie ich durchs Zimmer.

»Versteckt Euch, Hildchen kommt«.

»Makaber, Mo«, ist Eddys Reaktion, der nicht mal merkt, was für ein verzweifelter Versuch nach Aufmerksamkeit dahintersteckt. Kuddel hebt mich aufs Bett.

»Ich habe nicht vergessen, Dir eine Antwort schuldig geblieben zu sein. Du bewertest das, was Du siehst, Mo. Das machen die meisten.

Ich kann mich noch gut bewegen und leide an keiner lebensbedrohlichen Krankheit. Dennoch fühle ich mich alt, immobil und benötige Hilfe und Unterstützung. Nach der Beerdigung meiner Mama fingen sie an. Depressionen - für mich weder verständlich noch beherrschbar. In rein gar nichts mehr erkannte ich einen Sinn. Das habe ich mit Hildegard gemeinsam. Ich hatte meine Mutter und das Meer. Die psychische Krankheit verunmöglichte mir meine Arbeit mehr und mehr, als diese Angststörungen hinzutraten. Regelrechte ›Panikattacken‹ zwangen mich in die Knie und zur Aufgabe meiner geliebten Tätigkeit. Zahlreiche Arztkonsultationen und Krankenhausbehandlungen brachten nicht den ersehnten Erfolg«.

»Wäre eine kleine Wohnung keine bessere Option?«, fragt Eddy.

»Ich habe nie irgendwo gewohnt. Ich war auf dem Schiff oder zu Besuch bei Mama. Ich bin unfähig, mein Leben radikal zu ändern, als hätte ich von der Pike auf selbstständige Lebensführung gelernt«.

»Es gibt betreute Wohnformen«, schlage ich vor.

»Nichts anderes finde ich hier, Mo. Diese Seniorenresidenz ist für mich nicht das Ende, ich sehe sie als Chance«.

Viel verständlicher wird sein Wunsch nach Umsorgen, als wir hören, dass er an derselben Krebserkrankung wie seine Mama leidet.

Bei ihm bislang ohne Beteiligung von Metastasen, die gestreut hätten; die Behandlungschancen stünden gut.

Er habe nicht die Kraft, alles alleine zu stemmen und sich bewusst und gern für ein Wohnen hier entschieden.

Wenn ich ehrlich bin, erleichtert mich auch einmal was Schönes über das Leben in einem Stift zu hören, was mich versöhnt mit meinen schrecklichen Gedanken zum Tod und dem unabänderlichen Loslassen.

Abmahnung

Einfach einmal ›blaumachen‹.

Jetzt erst verstehe ich, wie gut das tut.

»Müssen wir uns krankmelden, Eddy?«.

»Ganz ehrlich. Hast Du in den letzten Tagen ein einziges Mal gespürt, dass wir dort wirklich gesehen werden? Ich meine nicht von den Bewohnerinnen und Bewohnern. Es wird nicht auffallen, wenn wir einen Tag zu Hause bleiben«.

Beruhigt lege ich mich in mein ›Traum-Erfüllungskörbchen‹ um zu schlafen; das Ruhedefizit ist enorm und schreit nach Ausgleich.

Bis das Telefon schrillt.

Wir hören, wie unsere ›Mamas‹ einen traurigen Walter trösten.

»Unsere Jungs fühlen sich verdammt schlecht. Gibt es keine Möglichkeit, dass Wally das Heim auch ohne die beiden betreten darf?«.

Mit leiser Stimme sprechen sie weiter, sodass wir Gesprächsinhalten nicht folgen müssen.

Eddy kuschelt sich eng an und es tut verdammt gut an seiner Seite Ruhe zu finden.

Wach werden wir immer zu einer bestimmten Uhrzeit, wie ein innerer Wecker, der uns an Spaziergang erinnert.

Unterwegs fällt mir das Telefonat ein.

»Was ist mit Wally?«.

»Sie haben ihn nicht reingelassen und mit der Begründung abgewiesen, dass Ihr dabei sein müsst«.

Schuldgefühle sind eine ganz fiese Sache, doch muss unser ›Pfoten-Freund‹ nur einen einzigen Tag auf sein Herrchen verzichten, bis wir wieder ein- und angreifen.

Als wir am nächsten Tag guter Dinge unseren Arbeitsplatz aufsuchen, werden wir jäh gestoppt.

Die Heimleiterin wolle uns sehen, wird uns zaghaft von einer Praktikantin mitgeteilt, die sich auf die Zähne beißt.

Diese Prozeduren sind uns bekannt.

»Mich nervt, dass wir ständig gemaßregelt werden oder was denkst Du Eddy, was die nun wieder will?«.

»Wird schon so sein. Augen zu, Pfötchen ballen und durch. Zehn Minuten Standpauke überstehe wir«.

Diese Frau spinnt.

Als sei es ein Drama, dass wir mal einen Tag nicht funktionieren konnten.

»Wir verstehen, wie schwer es ist auf uns zu verzichten«, erkläre ich unser Verständnis für eine etwaige Notbesetzung.

»Waren Sie noch nie krank?«.

»Das in der Tat, aber nicht faul«, wagt sie uns als Lügner hinzustellen.

»Bringt mir eine Krankmeldung und wir vergessen die Sache. Ansonsten gibts eine Abmahnung«.

»Pass mal auf, Du verrunzelte ›Möchtegern-Mitspielerin‹. Wenn es uns reicht, dann in diesem Moment. Abmahnung? Dass ich nicht lache«.

Um meinen Gemütszustand zu untermauern schlage ich mit den Vorderpfoten auf diesen eiskalten Boden.

»Kostenlose Arbeitskräfte. Nie haben wir Dir Ausbeutung vorgeworfen, weil wir die Idee zur unentgeltlichen Hilfeleistung hatten. Nur lassen wir uns nicht verheizen und erst recht nicht runtermachen«.

»Ich habe Dir nicht das Du angeboten«.

»Dito«.

Eddys Zurückhaltung weicht der Lust auf Affront.

»Mein Freund bietet Ihnen die Stirn und das allein verunsichert Sie? Noch sind wir bereit, unseren Einsatz ehrenamtlich fortzusetzen, allerdings stellen wir eine Bedingung«.

»Die da wäre?«.

»Wir bekommen einen ›Frei-Pfoten-Schein‹. Kein Einmischen, keine Sanktionen. Wir möchten die Zeit hier genießen, was scheitert, wenn wir noch mal mit Ihnen konfrontiert werden«.

»Für wen hältst Du Dich?«.

»Ich weiß, wer ich bin und was ich kann - daher verstehe ich die äußerst schwammig wirkende Frage nicht«.

Eddy geht eindeutig als Sieger aus diesem Duell hervor.

Die Versagerin wedelt uns - betont überlegen wirkend - aus ihrem Büro.

Eine gute Figur macht sie dabei nicht.

Triumphierend verlassen wir den Ort des Schreckens mit dem Wissen, dass in allen anderen Zimmern die Liebe lebt.

Im Treppenhaus fällt uns Wally ein.

Wenn ich mich auch ungern von Eddy trenne, stimme ich zu, dass er ihn hierherholt, während ich mich um einige andere kümmere.

Unbewusst zähle ich lautlos die Zimmer, hinter denen Menschen wohnen, die uns bisher nicht begegnet sind.

Vielleicht ist ein intensiveres Kennenlernen aller überhaupt nicht realisierbar.

Schön wäre dennoch, den ein oder anderen zu sprechen, und ich laufe spontan einem alten Mann hinterher, der mir den Rücken zugewandt hat und zum Fahrstuhl möchte.

»Stopp, Du Profisportler. Tust Du mir einen Gefallen? «.

Als er sich umdreht traue ich meinen Augen kaum.

»Bist Du es, Werner?«.

Mehr Freude würde mich umhauen.

Als ich auf ihn zu renne, sehe ich, wie er sich lachend herunterbeugt, um mich aufzufangen.

»Was für eine Begrüßung. Hallo Mo. Ich hatte bereits Ausschau gehalten, als ich von Eurer ›Mission‹ erfahren habe. Schön, dass Ihr hier und bei mir seid. Wo steckt Eddy?«.

Ich erkläre Werner alles und erfahre, dass er wieder vollständig genesen ist.

Kein ›Oberschenkelhalstuch‹, jedenfalls sehe ich keins.

»Kennst Du ›Tüdel-Peter‹?«, freue ich mich mit jemandem zu sprechen, bei dem ich grenzenloses Vertrauen spüre.

Es ist da - dieses Gefühl, sich grenzenlos fallenlassen zu können.

»Meinst Du ›Dr. Scherbe‹?«.

»Vergessli«, korrigiere ich.

»Ist ein und derselbe. Für mich trägt er eher den Titel mit dem Bruchstück. Ich mag ihn sehr. Manchmal hat er helle Momente, die ich nutze, um mit ihm zu reden. Sie werden aber immer seltener«.

»Dann halte Dich an Kuddel«.

»Den gibt es hier nicht«.

»Er wohnt in Hildchens Zimmer«.

»Und Hilde?«.

Traurig blicke ich zum Boden und zähle die kleinen Fliesen, weil ich meine Tränen nicht zeigen möchte.

Werner legt mir seine Hand unters Kinn, um meinem Kopf anzuheben.

»Ist sie...?«.

Ich nicke stumm.

Bevor nun auch er noch erklärt, wie sehr sie ihren Frieden verdient hat, muss ich meine Position deutlich machen.

»Sag es schon. Sie ist erlöst. Warum tut es dann so weh, Werner? Es ging zu schnell, wir haben sie gerade erst kennengelernt und liebgewonnen«.

Sein Streicheln tut gut und noch mehr seine Worte, dass er mich verstehe.

Auch ihm habe Hilde viel bedeutet und die Trauer um einen geliebten Menschen werde nicht geringer, nur weil man etwas als schicksalhaft ansehe.

»Guck Mo, meine Tränen sind bitter wie Deine«.

»Warum tauscht man Menschen aus? Auf einmal wohnt dort Kuddel als hätte es Hildchen nie gegeben?«.

»Ich weiß, was Du meinst. Glaube mir, auch ich habe ein Problem damit. Als Walters Frau starb, wurde ihr Zimmer unverzüglich neu vergeben und ich fühlte mich wie ein Verräter, wenn ich mit der neuen Bewohnerin lediglich sprach. Doch was man fühlt, trägt man hier«.

Er tippt sich auf die linke Brustseite.

Sein Verständnis wärmt mich und ich merke, dass es nicht pathologisch ist, wenn man schlecht loslassen kann.

»Habe ich viel verpasst?«, will er in Bezug auf unsere ›Spaßmission‹ wissen.

»Außer ›Omamas‹ Geburtstag noch nichts. Also Marianne, ich erfinde Namen und setze voraus, dass jeder wüsste, wen ich meine«.

Werner lacht.

»Der Name passt zu ihr. Aber feiern? Sie will immer für sich sein«.

»Nicht mehr. Das erzähle ich Dir später. Wollen wir nach Walter schauen?«.

»Nichts lieber als das. Jeden Moment genießen, das ist mir gerade wieder vor Augen geführt worden. Er ist mein Bester«.

Gemeinsam gehen wir hinunter in den Heimgarten und von Weitem entdecke ich Wally und Eddy.

Die Wiedersehensfreude von allen ist nicht messbar.

Stundenlang brüten wir über Plänen, wie das ›Aufmöbeln‹ eines relativ lahmen Haufens aussehen könnte.

Kein Vorschlag von Eddy und mir wird torpediert, wenn er auch noch so grenzwertig ist und Ärger förmlich droht.

Zimmerfluch(t)

Vor jedem einzelnen Menschen, auf den wir treffen, verneigen wir uns mit Hochachtung.

Lebenserfahrung trifft auf eine schnell voranschreitende Zeit.

Wir besuchen wahllos Zimmer, um uns vorzustellen und zu berichten, in welcher ›Mission‹ wir unterwegs sind.

Mit großer Empathie werden wir empfangen von Viktoria, einer ehemaligen Deutschlehrerin.

Definitiv fehle es ihr an Abwechslung, da Bingo-Nachmittage und Bälle-Zuwerfen sie mitnichten fordern.

»Vereinzelt wünsche ich mir eine Demenz, um nicht mitzubekommen, wie ich geistig verkümmere«.

Peng!

Dieser Satz hat gesessen.

Besitzt ›Tüdelpeter‹ einen Vorteil?

So sei es nicht, stellt sie richtig.

Dankbar sei sie für ihren mentalen und körperlichen Zustand. Solange sie geistig fit sei, müsse sie die ihr wichtige Kontrolle nicht abgeben.

»Euch schickt der Himmel. Hunde mit dem Gespür, an welcher Stelle dringend Veränderungen gebraucht werden. Schwebt Euch was Bestimmtes vor?«

Ich zwinkere.

»Geduld. Uns einen Überblick zu verschaffen, wer in der Lage ist mitzumachen, hat oberste Priorität«.

Viktoria bietet sich als Fremdenführerin durch die nachbarschaftlichen Quadratmeter an.

»Huhu, Brigitte. Am Putzen?«, ruft sie einer Dame entgegen, die einen Feger in der Hand hält.

Die Nächste ist gefunden, die ihr ›Fege-Zeug‹ gegen Spaß tauscht.

»Hallo Biggi«, baue ich unverzüglich ein Bündnis auf.

»Kannst Du Dich mit Unordnung und dem Gegenteil von klinisch rein arrangieren?«.

Sie kann es.

Hinter der kommenden Tür lebt das personifizierte Grauen.

Tattoos wohin man schaut.

Wüsste ich es nicht besser, würde ich meinen, am Einlass durch einen Türsteher gescheitert zu sein.

Kommunikation, die Vertrauen erweckt, rückt in weite Ferne, als er uns sieht.

»Ey Vicky, bring die Dinger weg. Ich hasse Hundehaare und Geschlabber«.

»Ach Nobbi, schlecht geschlafen?«, versucht sie ihn zu besänftigen. »Gewöhne Dich lieber an die zwei, Du wirst öfter mit Ihnen zu tun haben«.

»Sagt wer?«.

»Alle, die noch Leben spüren wollen. Gnade Dir Gott, wenn Du sie nicht gut behandelst. Schwedische Gardinen interessiert Dein Alter nicht. Ich hüte Dein Geheimnis und habe Dich in der Hand«.

»Jaja«, grummelt er und dreht sich genervt weg.

Viktoria erklärt uns, dass der Norbert im Grunde ein lieber Typ sei.

Er bezeichne sich als ›Knastonkel‹, da er den größten Teil seines Lebens hinter Gittern verbracht habe.

»Vicky? Er ist unheimlich«, formuliere ich eingeschüchtert meinen Eindruck von einem Typen, dem ich lieber zukünftig aus dem Weg gehe.

»Er tut keinem was. Übrigens hatte er einen Pitbull. Ich nehme ihm die momentan gezeigte

142

Hundeabneigung nicht ab. Er meckert, weilt er sein Leben hasst«.

»Was für ein Geheimnis teilt Ihr?«, ist es Eddy, der die Neugier nicht aushält.

»Stillschweigen musste ich versprechen und werde brisante Dinge gegen ihn verwenden, wenn er sich Euch gegenüber nicht benimmt«.

Ich schaue ihn mir von oben bis unten an.

Als Bodyguard gefiele er mir in Anbetracht der Schwierigkeiten mit der Leiterin dieser Einrichtung.

»Wieso beanspruchst Du zwei Betten? Ein Dickerchen erkenne ich nicht in Dir«.

»Guck, Du Miniportion«.

Er krempelt die Ärmel seines Hemdes hoch und deutet auf seine Oberarme.

»Alles Muskeln, kein Gramm Fett«.

Was für ein Angeber.

»Ich teile mir ein Zimmer mit Dieter. Bei seiner Vorliebe für Sentimentalitäten habt ihr bei ihm mehr Glück als bei mir«.

Ehe ich fragen kann, wo wir ihn finden, betritt ein rüstiger Senior das Zimmer.

»Wer seid Ihr? Mein Gott, wie süß«.

Der Muskelprotz hat nicht gelogen, dieser Mann hat das Liebe, nach dem man bei Norbert vergebens sucht.

Sein Leben verlief in ruhigen Bahnen.

Selbstständig einen Schlüsseldienst führend sei er von allen ›der Dietrich‹ gerufen worden, was im Grunde in Ordnung sei, wenn er auch Didi bevorzuge. Zu der Gründung einer Familie habe er es nicht gebracht, sein Junggesellenleben sei ausgefüllt gewesen und geprägt durch ein exzessives Partyleben. Mit Eintritt des Rentenalters sei bei ihm die Diagnose Multiple Sklerose gestellt und ihm empfohlen worden, sich in einer Einrichtung umsorgen zu lassen. Nein, Angst habe er vor seinem Zimmernachbarn nicht.

»Der da?«, zeigt er grinsend hinüber. »Der bellt, das Beißen bleibt aus. Ihr wollt uns aus der Langeweile ziehen? Ich wünsche es mir seit Langem«.

Viktoria legt ihm die Hand auf die Schulter.

»Eine gute Möglichkeit, Deine Schüchternheit zu überwinden und Fiona kennenzulernen«.

Wird er rot?

»Wer ist Fiona?«, bin ich gespannt.

»Eine lustig Junggebliebene. Sie hat viele Jahre ein Seniorenheim geführt und schnell gemerkt, welche Defizite hier vorhanden sind. Statt zu resignieren, lacht sie diese weg und macht sich über Absurditäten lustig. Heute ist sie bei ihrer Tochter zu Hause, sodass Ihr sie später kennenlernt. Das Warten auf sie lohnt sich«, zwinkert Vicky und bringt uns zum Zimmer von Oma Ella.

Eine grauhaarige alte Frau liegt lustlos wirkend auf ihrem Bett und schaut Fernsehen. Nichts bereite ihr Freude, berichtet sie uns und

ist sichtlich gerührt, zwei kleine Hunde um sich zu haben. Sie lebe zeitfressende Jahre in diesem Zimmer und beklagen könne sie die Langeweile, die jeden ihrer Mitstreiter beherrscht. Es fehle ein Pensum, das einen von dem trostlosen Alltag ablenkt.

Die Sommerfeste seien Highlights, auf die man sich monatelang freue.

»Süffelst Du mit Vorliebe?«, fragt Eddy schelmisch.

Oma Ella lacht.

»Spaß bringt mir, wenn ich was geboten bekomme, bis sich alles dreht«.

Als Kriegs-gebeutelte Frau mit Vergewaltigungserfahrungen, gehäuften familiären Todesfällen und einem überhöhten Leistungsideal im Beruf habe sie sich verausgabt.

Ihr Mann lebe nicht mehr.

Rückblickend sei sie enttäuscht, wie er sich vom Leben entschuldigt habe.

Zeitlebens jeden Job nach wenigen Tagen hinschmeißend sei sie Alleinverdienerin gewesen, um eine vierköpfige Familie zu ernähren. Nein, gejammert habe sie nicht und die Untätigkeit ihres Mannes geschickt zu verbergen gewusst wie seinen massiven Alkoholkonsum. Stets sei ihr wichtig gewesen, was andere über die Familie denken.

Seit einigen Monaten setze bei ihr eine Vergesslichkeit ein, die sie als heilsam erlebe.

Diese Frau ist zum Knuddeln und ich finde ein Stück weit Hildchen in ihr.

»Omi Ella? Eddy und ich machen ab sofort jeden Tag zu dem Highlight, das Du bei Sommerfesten erlebst. Lachen ist fundamental wichtig und kommt nicht zu kurz. Genieße heute noch einen Fernsehnachmittag, ab morgen ist die Ruhe vorbei«.

Sie strahlt mich an und jedes Streicheln verrät durch die Intensität ihrer Handführung, wie glücklich sie die Aussicht auf bevorstehende Änderungen macht.

Mit Viktoria könnten wir stundenlang in den Zimmern Visiten zum Kennenlernen abhalten, müssten wir nicht unseren strammen Zeitplan im Hinterkopf behalten.

Das Programm soll bis morgen stehen.

Vicky greift unsere Bitte auf, weitere Bewohner zu mobilisieren und wir bleiben gespannt auf das, was wir in Zusammenarbeit aus dem Heim machen.

Ein Zurück ins Leben

Viktoria hat nicht übertrieben, als sie uns versprach, weitaus mehr Seniorinnen und Senioren zu mobilisieren, als wir uns vorstellen könnten.

Bewusst fiel übereinstimmend unsere Entscheidung, dass wir uns in den Abendstunden in Ergotherapeuten verwandeln, um nicht Gefahr zu laufen, von der Heimleiterin in eine - von ihr - angestrebte Richtung umgelenkt zu werden.

Sie verlässt täglich überpünktlich das Heim, sodass Jobsharing oberste Priorität besitzt.

Ein weiterer Vorteil besteht, wenn wir mehr Zeit mit unseren Frauchen verbringen können, indem wir tagsüber zu Hause sind und sie uns zu den Aktivitäten am Abend begleiten.

»Eddy? Benötigen wir die Erlaubnis der ›Heim-Hexe‹?«.

»Ich befürchte ja. Du weißt, wie die tickt. Sieht sie uns tagsüber nicht mehr, droht Ärger. Lass es uns hinter uns bringen«.

Lustlos schließe ich mich meinem Freund an und gebe meine Ideenlosigkeit zum überzeugenden Vortrag zu.

»Wenn sie ablehnt, haben wir ein Problem. Wie bewegen wir sie zuzustimmen?«.

»Ich mache das, Mo. Die Olle mag mich, wenn sie es beileibe ungern zugibt«.

Und wie sie ihn mag.

Kurz vorm Rausschmiss aus der ›Dunkelkammer‹ stehen wir, als sie Eddy wütend anbrüllt.

»Komm runter von Deinem Höhenflug alternder Terrier. Pädagogisch wertvoll ist Eure Arbeit? Belegt? Naivität und Dummheit bezeichnen mein Wesen nicht. Die Alten müssen abends schlafen und nicht rumhampeln. Am Tag raffen sie sich gegebenenfalls noch zu Aktivitäten auf, wenn Ihr Euch bemüht. Ist Euer Programm so einfallslos, dass man es respektive müde erträgt?«.

Dieses Lachen muss aus der Hölle kommen, in die sie am besten fährt.

Warum reagiert Eddy nicht?

Muss ich aktiv werden, um uns als perfekte Seniorenbegleiter und Spaßbereiter zu rehabilitieren?

»Werte Frau. Sie mögen größere Erfahrung besitzen und uns in einigem voraus sein. In diesem Fall übersehen Sie die Vorteile. Die - um mit Ihren Worten zu sprechen - Alten gucken abends kein fern. Das senkt Stromkosten. Nach unserem anspruchsvollen Therapieplan fallen sie todmüde ins Bett und am nächsten Morgen bleiben Frühstücksportionen übrig. Ein Gewinn obendrauf. Sie können Nachtwachen rationalisieren, wodurch Zuschläge entfallen. Im Grunde unterbreiten wir Ihnen diesen Vorschlag, weil wir helfen wollen, Kosten einzusparen. Wenn Sie nicht interessiert sind, bitte schön. Wir starten ab morgen, parallel zu den Ergotherapeuten im Tagdienst um acht Uhr, wie Sie wünschen«.

Eddy schaut mich entsetzt an, als ich ihn auffordere, zu gehen.

Nicht einmal bis zur Tür kommen wir.

»Moment. Nicht so schnell. Wenn ich darüber nachdenke, ist es keine schlechte Idee. Zumindest bleibt Ihr auf diese Weise mir und den meisten meiner Mitarbeiter erspart. Bei Tageslicht will ich Euch hier nicht mehr sehen, startet morgen Abend um zwanzig Uhr. Und jetzt raus«.

»Danke, ›Frau Cleverness‹«, zwinkere ich in ihre Richtung und verlasse mit Eddy den doch durch Dummheit lebenden Raum.

»Wow Mo. Du hast es geschafft. Kosten ziehen bei ihr, was? Ich bin stolz auf Dich, kleiner, kluger Kampfzwerg«.

Gebauchpinselt genieße ich inzwischen mithalten zu können mit den Ideen meines Kumpels.

Ab nach Hause und an den letzten Stufen unseres Programms feilen.

Vorher geben wir noch Wally Bescheid, der durch unsere veränderten Einsatzzeiten nur abends im Haus sein darf.

Angesichts der Tatsache, dass Walter in zwei Wochen nach Hause entlassen wird, wird unseren kleinen ›Fellfreund‹ das nicht nachhaltig tangieren.

Leben auf Rädern

Zwanzig Uhr.

Die große Bühne wartet auf uns.

Am Veranstaltungsraum nehmen uns Werner und Viktoria in Empfang.

»Kein Teilnehmender?«, resümiere ich enttäuscht, woraufhin Werner erklärt, dass uns noch Zeit für wesentliche Vorbereitungen bleibt.

»Was zählt heute zu Eurem Spaß-Repertoire?«, verbirgt er die Neugier nicht.

»Leben auf Rädern« berichte ich aufgeregt und enthusiastisch.

»Alle, die im Rollstuhl sitzen und die, die eines Rollators bedienen, sind herzlich will-kommen«.

»Und ich?«, will Viktoria traurig wissen. »Ich stehe noch fest auf meinen Beinen«.

Eddy erkennt unsere Denkfehler und korrigiert, dass ALLE eingeladen sind.

»Ich organisiere rollende Apparate«, rennt er spontan los, um Hilfsmittel für diejenigen zur Verfügung zu stellen, die bis dato befreit waren von Gehhilfen.

Ich begleite unsere ›Mamas‹ in den großen Raum und sehe Walter mit Wally.

Schön, dass wir alle beisammen sind.

Die Erwachsenen schauen auf unsere Skizze und beschaffen Unterlegmatten, die durchs schräge Übereinanderstapeln zur Rampe werden.

Die Ringe, die von der Decke hängen und zum Sportprogramm zählen, werden zum Schwung holen heruntergelassen, während Stühle einem Slalom-Parcours dienen.

Hinter uns Stimmen.

Ein paar Nachtwachen bringen in Eddys Begleitung die hauseigenen Rollatoren, um die, deren Mobilität intakt ist, nicht zu benachteiligen.

Fehlen einzig die Akteure.

Gespannt warten wir, als Werner losrennt, um seine Mitbewohnerinnen und -bewohner einzusammeln.

Mit vielem haben wir gerechnet, indes übertrifft die große Gruppe, die kurze Zeit später erscheint, alle Erwartungen.

Von ›Omama‹ über Kuddel bis hin zum ›Knasti‹ sehen wir in viele bekannte Gesichter und in zahlreiche, die wir an dem besonderen Abend kennenlernen dürfen.

Eddy eröffnet.

»Ihr Lieben! Hat man Euch das Gefühl gegeben, dass Ihr nicht mehr gesehen werdet, seid Ihr für uns die Hauptpersonen. Jeder von Euch. Ehe Ihr hier Euer neues Zuhause gefunden habt, war das Leben ein komplett anderes, stimmts? Frei entscheiden konntet Ihr, wann Ihr was tut und lasst. Nichts ist wichtiger, als die Wahl zu haben. Dass man Euch diesen Willen entzog, ist verachtenswert und muss abgestraft werden. Ab sofort habt Ihr jeden Abend mit uns die Möglichkeit zu feiern und Spaß zu haben, nach Belieben, was einem jeden von Euch guttut. Nichts muss, alles kann sein. Freiheit für Eure Autonomie«.

Eddy reißt seine Pfote in die Höhe, begleitet von Jubelrufen und Klatschen der Anwesenden.

Ich übernehme.

Die Spielregeln sind zügig erklärt und werden von allen prompt verstanden, an den Ringen Schwung holen, über die Rampe rollen und den Slalom schaffen.

»Was bekommt der Sieger?«, will der ›Knast-Onkel‹ wissen.

»Es gibt keine Verlierer. Ihr gewinnt alle«, ruft Eddy und deutet auf unseren Bollerwagen, der mit wunderbarem ›Zeugs‹ bestückt ist, das zusätzlich lustig macht.

»Für jeden ist was an Bord«.

Ist das kein Anreiz?

Die Rollstuhlfahrer haben einen klaren Vorteil im Bewältigen der Disziplinen. Zu lausig haben wir uns mit der Mechanik eines Rollators auseinandergesetzt. Sich darauf- zusetzen, die Beine anzuziehen und das Ding in Bewegung zu setzen, scheitert schnell. Eine bestimmte Richtung anzusteuern? Schier unmöglich.

Anfänglich enttäuscht mich dieses Problem und dass wir es im Vorfeld nicht eingeplant haben, bis ich bewusst wahrnehme, wie ausgelassen die Truppe frenetisch Fehlversuche bejubelt.

Wie konnte es aus dem Ruder laufen?

Die Abend-Aktiven beschließen, diese Disziplinen im naheliegenden Wald unter Zuhilfenahme von Taschenlampen fortzusetzen.

Um Himmels willen, nein.

»Eddy, halte Sie auf, das geht nicht gut«.

»Wir erlauben es, Mo. Keinen Deut erhabener wären wir als die Leitung hier, wenn wir Verbote aussprechen, obwohl wir stellvertretend dafür stehen allen ihre Eigenständigkeit zurückzugeben. In ihren früheren Häusern und Wohnungen konnten sie tun, wonach sie sich sehnten. Warum nicht jetzt?«.

Und so finden wir uns eine halbe Stunde später im dunklen Wald ein.

Der Weg hierher war ein Highlight, Gelächter, wohin wir hörten.

Ich muss freimütig gestehen, dass die Strecke auf unebenem Gelände mehr Spaß bereitet.

Derjenige, der dran ist, wird vom Taschenlampenlicht und unter den Augen aller anderen begleitet, während die Räder vom ersten Rollstuhl erstmals den ›Elchtest‹ bestehen müssen.

Die Rollator-Benutzer platzen vor Neid und erheben einen Anspruch, mit diesem einen Rollstuhl die Disziplin nachahmen zu dürfen.

Unsere ›Mamas‹ befestigen an diesem die Taschenlampe und es geht los.

Als erste ist ›Omama‹ an der Reihe, steigt in den ›Boliden‹, lässt sich von Werner anstoßen, hangelt sich von Baum zu Baum, wobei sie jeden noch im perfekten Slalom-Modus umrundet. Je schneller sie wird, umso lauter wird ihr Juchzen. Dieses Lachen, ich werde es nie mehr vergessen.

Der Nächste bitte.

Nein, im Wettkampf befinden sich die ins Leben Zurückgeholten nicht.

Fällt der eine um, ist ein anderer zur Stelle.

Kein Sturz schmerzt, im Gegenteil wird genossen, alles zu spüren, was man vor dem Heimleben gut kannte.

Mehr Spaß wäre nicht zu verkraften.

Ob es dem geschuldet ist, dass die Kräfte langsam nachlassen oder der puren Lust auf Alkohol, dass Kuddel den Vorschlag macht, eine Sitz- und Gesprächsrunde zu bilden, ist nicht klar ersichtlich.

Es wird eine lange Nacht, die uns mehr gibt als alles, was wir beabsichtigt hatten.

Getrunken wird genauso viel wie aneinandergeschmiegt und gesprochen.

»Es wird hell«, bemerke ich in die Runde und registriere, wie enttäuscht die Gruppe reagiert.

Den Moment anhalten, wünschen sich die einen, ihn zu wiederholen, die anderen.

Und das werden wir.

»Eddy? Dieses intensive Miteinander ist unbeschreiblich«.

»Nicht nur das Mo! Hier lagen sich Menschen in den Armen, die von ihren ›Residenz-Mitstreitern‹ nichts wussten. Menschen, hörst Du? Sie sind zurück«.

Alle sind müde und es lässt sich erahnen, dass sie nicht ihr Frühstück, sondern das Mittagessen mit ausfallen lassen.

Wir halten unsere Versprechen.

Eigendynamik

Wir liegen brach.

Neben dem Herumlümmeln am Vormittag wird der nachmittägliche lange Spaziergang zur Qual.

»Ich habe die ›Langleber‹ unterschätzt, Eddy. Jeden Knochen spüre ich und meine Muskeln ziehen wie ein Expander«.

»Müde bin auch ich, Mo. Schlappmachen lasse ich nicht gelten. In ein paar Stunden warten Lebenshungrige auf uns. Du wirst nicht scheitern, stimmts?«.

Sein breites Grinsen lässt nichts anderes zu, als mein Befinden zu überspielen.

»Ich und scheitern? Pah. Ich habe selbstlos an Dich gedacht und befürchte Überforderung bei allen Jahren, die uns trennen«.

»Keine Sorge, Grübler, ich komme klar«.

Aus dieser Nummer und ›Mission‹ befreie ich mich nicht lädiert.

Nach unserem ›Entlüften‹ draußen bleiben mir noch zwei Stunden zum Regenerieren.

Später stehe ich fit bereit für die quirlige Runde.

Am Abend bekomme ich die Augen nicht auf und ahne, dass sich unsere ›Mamas‹ mit Eddy fertigmachen.

Buddha, hör mich an.

Lass ein Wunder geschehen.

Dieses bleibt aus.

»Kommst Du, Mo?«. Eddys Schnauze stößt mich unsanft an.

Fieser Weck-Charakter.

Betont locker muss es aussehen, als ich aufspringe und mich kerzengerade neben meinem Peiniger positioniere.

»Es kann losgehen, ich habe sehnsuchtsvoll auf nichts anderes gewartet«.

Warum werde ich das Gefühl nicht los, dass er sich permanent amüsiert?

Worüber?

Ihn zu fragen, diesen Gefallen tue ich ihm nicht.

Als wir das Heim betreten, ist alles anders als am Vortag.

Mussten die Teilnehmer gestern noch zusammengerufen werden, sitzen sie längst beisammen und verursachen eine Geräuschkulisse, die es in der Form zuvor hier zu keinem Zeitpunkt gegeben hat.

Gelächter und angeregte Gespräche verdeutlichen, dass sie sich blendend verstehen, darüber hinaus reges Interesse zeigen, ihrem Leben eine Wendung zu geben.

Nach der herzlichen Begrüßung will ich den Programmpunkt erklären, der als Nächstes auf unserer To-do-Liste steht.

Mit einer Änderung habe ich nicht einen Moment gerechnet, bis ich die Karten auf dem Tisch und weitere Gesellschaftsspiele sehe.

Wollten wir nicht abweichen von den langweiligen Angeboten, die jedem in einer Residenz geboten werden?

Enttäuscht frage ich Eddy, wie ich noch zum Zug komme.

»Lass es laufen. Wir machen uns einen Ruhigen heute und setzen morgen die Spielplanung fort«.

Ich lege meinen Zettel zur Seite und gebe mich geschlagen.

Einen Ruhigen machen hört sich nach perfekter Entspannung für mich an.

»Schieben wir die Tische zusammen?«, eröffnet mein Kumpel die Spielrunden, nichts ahnend, dass die Truppe lieber erneut unter freiem Himmel aktiv werden möchte.

»Wir gehen in den großen Pavillon hinterm Haus«, winkt ›Omama‹ die Mitstreiter hinter sich her.

Mir soll es recht sein.

Ich erinnere mich an eine vielversprechende Liegewiese.

Werner teilt an alle die Karten aus, nachdem sie sich für Pokern entschieden haben.

Einzelne spielen nicht mit, erheben vielmehr einen stillen Anspruch, ein Teil der Partie zu sein.

Kuddel schaut sich suchend um.

»Fehlt was?«, vermute ich Hilfsbedürftigkeit.

»Euer Bollerwagen. Luft stillt keinen Durst«.

Ausgemachte Sache, dass unsere Frauchen die Stimmungsmacher greifbar haben.

Sie breiten sie - von Lachen begleitet - auf dem Tisch aus, sodass keiner zu kurz kommt.

Ist das der Ursprung des Wortes ›Kurze‹ trinken?

Eddy hat sich zum Schiedsrichter erkoren, was er bereuen dürfte.

Spielregeln scheinen außer Kraft gesetzt.

Viktoria steht auf, schaut bei einigen in die Karten und flüstert anderen was ins Ohr.

»Hey, so läuft das nicht«, übernehme ich spontan Eddys Job.

Vicky blickt überrascht zu mir.

»Kleiner Mo. Wer sagt Dir, dass ich beim Verrat ehrlich bin?«.

Unsere ›Mamas‹ ziehen mich zurück.

»Wir gucken uns das Spektakel an. Komm, wir haben eine Decke«.

Wir sitzen abseits von dem ›Haufen‹, der sich gegenseitig linkt.

Verrückt, was den Menschen Spaß bereitet.

Da wird ein Stift gezogen und die Zahl auf einer Karte übermalt, mit dem gewünschten Blatt, das zum Gewinnen nötig ist.

Es fliegen Karten durch die Luft, treffen Mitspielende am Kopf, fallen auf die Hand und werden Pokerface-like zu den anderen gesteckt.

›Omama‹, die derweil das ›Mensch-ärgere-Dich-nicht‹-Spiel ausgepackt hat, ist mit Werner beschäftigt, den Spielsteinen mit Pinsel ein anderes Aussehen zu verleihen.

Gehören nicht vier zusammen?

Nach ihrer Kunst zieren alle Steine unterschiedliche Farben und es fällt mir schwer einen Sinn zu erkennen.

Blicke ich mich um, liegen zerrissene Karten am Boden.

»Hier gerät Ordnung außer Kontrolle, Eddy«.

»Ich glaube, dass unsere Leutchen hier das machen, was sie sich lange gewünscht haben. Sie torpedieren die langweiligen Spieleabende und verwirklichen ihre Vorstellungen. Toll. Guck in die strahlenden Gesichter. Hast Du an anderer Stelle mehr Glück erlebt, wenn viele miteinander herumalbern?«.

Stimmt.

Keiner wirkt mehr einsam, niemand nachdenklich und lebensmüde.

Wie wir der Heimleitung das zerstörte Spiel-Equipment erklären sollen, diese Frage schiebe ich beiseite.

Zu spannend ist der weitere Verlauf, als überraschenderweise eine Klebeflasche zum Einsatz kommt.

Ich vermute, dass sie Angst bekommen und die kaputten Karten zusammenfügen.

Dieser Gedanke ist absurd, wenn ich unseren ›Knasti‹ beobachte.

Er nimmt irgendwelche in seiner Hosentasche mitgeführten Fotos in die Hand, die er unter Klatschen vieler an die Pfosten klebt.

Alle Spielutensilien werden prompt fallengelassen und Dartpfeile verteilt.

Jetzt erkennen wir auf den Bildern den Kopf von der ›Heimhyäne‹, scheinbar von irgendeiner hausinternen Feier.

Bei jedem Treffer mitten ins Gesicht klatschen sich alle ab, jubeln und trinken einen ›Kurzen‹ auf das Besiegen.

Ich beginne Spaß am Zusehen zu entwickeln, als ich die Pfeile im Kopf der Alten sehe.

Dass mir Beifall mit meinen Pfoten so gut gelingt, überrascht mich.

Dieselben Geräusche hören wir hinter uns.

Da stehen sie versammelt - alle Nachtwachen des Heimes - und in ihren Gesichtern finden wir denselben Ausdruck wie bei den Dart-Neu-Profis.

Wow, was für ein gelungener Abend.

Dass dieser bis zum Morgengrauen in die Länge gezogen wird, war abzusehen.

Berauscht und müde beendet ›Omama‹ den ersten Spieleabend, der jeden erfüllt hat.

Wir schicken alle los, schlafen zu gehen und räumen das Chaos auf, um unsere Schützlinge nicht als undankbare Bewohnerinnen und Bewohner zu outen.

Dass sie die Vorsitzende hassen, ist beim Anblick der zerlöcherten Fotos unübersehbar und schweißt noch mehr zusammen.

Widerliches Essen

Ab in die nächste Runde.

Beim Eintreffen werden wir freudig von den Mitarbeitern erwartet und begrüßt.

Eine Sensation, dass wir Walter und Wally zu Gesicht kriegen.

Die Tage der Kurzzeitpflege sind gezählt und es wird der Entschluss gefasst, mehr Zeit mit Freund Werner zu verbringen.

Ermitteln müssen wir noch, warum von den anderen weit und breit nichts zu sehen ist.

»Ist heute Ruhetag?«, wende ich mich an eine Pflegerin.

»Nicht, dass ich wüsste. Wollen wir zusammen nachschauen?«.

Wir laufen gemeinsam in die obere Etage, aus der viel Lärm zu uns vordringt.

An der ersten Zimmertür angekommen, kriegt dir Pflegerin prompt nach dem Öffnen ein Kissen ins Gesicht.

Bockige Kinder statt geerdeter Erwachsener?

Vorsichtig blicke ich um die Ecke.

Vier Leute auf einem Bett, die sich Textilien um die Ohren hauen.

Am Boden liegt Schaumgummi, zerrupft und sich in jeder Ecke festsetzend.

Herrje, wir konnten gestern das Ausufern beim Dartspiel vor der Heimleitung verbergen, was aber, wenn die Kissen und Matratzen das nicht überleben?

Die Gesichtszüge unserer Frauchen sind schwer zu deuten, mit einer Mischung aus Entsetzen und Angst für den Schaden aufkommen zu müssen.

Schadensbegrenzung hat Vorrang, nachdem Eddy erfahren hat, dass noch Ersatzbettzeug vorhanden ist und schleunigst getauscht werden kann.

»Stopp jetzt. Dreht Ihr durch?«, schreit mein Freund sich die Seele aus dem Körper.

»Was habt Ihr nicht verstanden? WIR machen das Programm. Was Ihr hier abzieht, sorgt dafür, dass unsere Tätigkeit endet. Glaubt Ihr, dass wir hier noch geduldet werden, wenn alles in Schutt und Asche liegt?«.

Schuldbewusst gehen die Blicke der Vandalen zu Boden.

Kuddel ist der Erste mit einer handfesten Entschuldigung und der, der zum Stillstand mahnt.

»Du liegst richtig, Eddy. Es hat sich verselbstständigt, als wir über unsere früheren Leben nachgedacht haben. Seid Ihr mit uns die Abende verbringt, sind wir ausgelassen und glücklich wie Kinder. Es veranlasst, über einst nachzudenken. Zu meinen schönsten Kindheitserinnerungen gehören Kissenschlachten. Ich habe angefangen und die anderen mitgezogen. Es tut mir leid«.

»Gut, Kuddel. Jetzt ist Schluss. Noch können wir das Übel beseitigen. Ihr würdet uns eine große Ehre erweisen, wenn wir heute entscheiden, womit wir Euch beschäftigen«.

»Kein Bingo bitte« kommt zeitgleich von ›Omama‹, Werner und Walter.

»Nein. ›Heim-Hexe‹ ärgern«, schlage ich vor und ignoriere Eddys strafenden Blick und dass er mich flüsternd fragt, was ich vorhabe.

»Wir kochen heute zusammen«.

»Exakt. Was hat das mit der Chefin zu tun?«.

»Spieländerung«.

Ich folge seinem Einwand nicht und frage, ob er sich nicht - wie alle anderen - eine Überraschung wünscht.

Eine Nachtschwester schließt uns die Heimeigene Küche auf.

Langsam trudeln alle uns mittlerweile gut bekannten Abendbegleiter ein.

Die Frauen scheinen sich zu freuen, wie früher an den Herd zurückgekehrt zu sein, während die Männer nach Süßgetränken verlangen.

»Alkohol kommt ins Spiel, wenn Ihr den Spielinstruktionen bis zum Schluss folgt«.

Ich baue mich vor der Gruppe auf.

Was ist es, das mich scheitern lässt, mir Verhör zu verschaffen?

Der Trubel ist erneut in Gang.

»Hey Kuddel. Setz mich hoch auf den Tresen«.

Wie gut, dass es starke Männer wie ihn gibt.

Er greift nach einem Topf und schlägt Metall auf Metall, bis auch der Letzte aufhört laut zu lamentieren und mich anschaut.

»Mo erklärt uns, was auf alle wartet. Bitte Kleiner« übergibt er das Wort an mich.

»Anfänglich wollten wir gemeinsam kochen. Langsam begreife ich, dass wir unser Programm auf diese Weise genauso langweilig fortführen, wie es Euch ständig geboten wird. Wir machen eine Challenge draus. Wer von

Euch kreiert das widerwärtigste Essen? Der Sieger darf sein Menü gegen das Mittagessen der ›Furie‹ tauschen. Gift ist verboten, hört Ihr? Und der Alkohol landet ausschließlich in Euren Körpern. Ansonsten könnt Ihr alles wählen, was Ihr hier findet, wenn es sich ferner um tote Fliegen handelt«.

Unter frenetischem Jubel hebt mich Kuddel nach unten und ich vermeide zu Eddy und meinen ›Mamas‹ zu schauen.

Dass ich übers Ziel hinausgeschossen bin, weiß ich.

Rechtzeitig aufwachend begreife ich, was den Menschen hier gefehlt hat und was ihnen guttut.

Wie toll sich schlagartig die Männer in der Küche machen.

Fantastisch.

Kreuz und quer laufen die Köche umher, kramen Zutaten zusammen und rühren, kneten und klopfen unermüdlich.

Zugegeben, aus keinem der Töpfe riecht es so übel, wie ich es mir für das Festessen von morgen wünsche.

Da Eddy voraussichtlich böse auf mich ist, schnappe ich mir einen ›Alternativ-Partner‹.

»Komm Wally, wir müssen was besorgen«.

Unbeobachtet laufen wir ins Freie und kehren mit Lebensmittel der anderen Art zurück.

Juckpulver statt winziger Tomaten, Gras ersetzt Kräuter, die Erde das bindende Mehl.

Ich petze ungern.

Der Moment, in dem Wally die Idee hatte, ein Würstchen zu präsentieren, haut mich positiv um.

Er, der über alle Maße lieb ist und zu angepasst lebt, erzählte mir von einem Streit zwischen Walter und der Heimleitung.

Es muss ihn unbeschreiblich beschäftigen, wie diese Frau mit seinem Herrchen umgegangen ist.

Als ich mich draußen aufgeregt habe über die Hundebesitzer, die die ›Geschäfte‹ ihrer Vierbeiner nicht einsammeln, hat er spontan zugegriffen und gemeint, dass sein Walter der Challengegewinner wird, weil er noch eine Rechnung zu begleichen hat.

Mittlerweile brodelt es auf den Herdplatten - identisch zu meinen Vorstellungen.

Gute Aromen rieche ich nicht heraus.

Rasch überkommt mich Angst.

Wer von uns allen übernimmt den Schiedsrichter und kürt den Preisträger?

Das hieße, alle Gerichte zu probieren, um das schändlichste zu bestimmen.

Ich denke an die ›Würstchen-Alternative‹ und suche Rat bei Eddy.

»Wir haben keine Jury«.

»Stattdessen ein auserwähltes ›Nahezu-Jurymitglied‹. Du packst das«, wird mir an seinem Tonfall deutlich, dass er meinen Alleingang bei der Regeländerung als unakzeptabel bewertet.

Keine Zeit bleibt mir für Coolness und Überlegenheit.

Nach einer ernst gemeinten Entschuldigung in Richtung meiner ganzen Familie beichte ich ihnen den Fundort unserer Zutaten, die Wally und ich angeschleppt haben.

Böse ist niemand, vielmehr erheitert sie mein Dilemma, in das ich mich manövriert habe.

Er wäre nicht mein Eddy, würde er mich nicht aus jeder misslichen Lage befreien.

»Wir schließen die Köche von der Siegerwertung aus. Bei der Bekanntgabe, wer gewonnen hat, dürfen sie die Küche betreten und das Ende einer grandiosen Kochshow begießen«.

Als Einheit präsentieren wir uns der Truppe.

Eddy bittet die Teilnehmenden, den Raum zu verlassen.

In mir bricht ein Sturm los.

Meine Feigheit von anderen ausbügeln zu lassen, damit ist Schluss.

»Kuddel? Hebst Du mich an?«.

Zack.

Ich sitze oben.

Unter den Blicken aller - auch denen meiner Frauchen und Eddy - beichte ich, dass es keine faire Preiskrönung geben kann.

»Mein Freund wusste nichts von der Programmänderung. Es sollte ein herkömmliches Kochen in Gesellschaft geben, bis ich durch Eure Kissenschlachten begriffen habe, dass Ihr ausbrechen müsst. Langeweile tötet Gefühle, ich weiß, wovon ich spreche. Zu Beginn meines Lebens war ich ein Shih Tzu, der sich ständig langweilte, bis er sich aufmachte in ein neues Leben. Dieses Potenzial steckt in jedem. Ich muss Walter zum Sieger erklären. In seinem Kochtopf befindet sich das, was die ›Heim-Hexe‹ verdient«.

Viele fragende Blicke sind auf mich gerichtet, die mich irritieren.

Eine Verunsicherung, die beherrschbar ist, weil die Freude überwiegt, ehrlich zu sein.

Sorry, Wally!

Ich spüre, wie unangenehm ihm meine Offenheit ist.

Wir haben die Seniorinnen und Senioren ausgiebig lachen sehen in den vergangenen Tagen - dieser Augenblick übertrifft alles.

Der Würstchen-Geschichte ist es zu verdanken, dass sich die Zuhörerinnen und Zuhörer tanzend umarmen, sich vor Lachen auf die Oberschenkel schlagen und den Bauch halten.

Walter und Wally sind die Helden und stimmen sich intensiv in der Gruppe ab, wie sie das Essen morgen austauschen.

Als eine Pflegerin sich anbietet, wird entschieden, nicht - wie bisher - die Belegschaft in Bedrängnis zu bringen.

»Gibt es jemanden, der freiwillig das Menü de luxe nach oben bringt?«.

Von hinten meldet sich eine alte Dame, an die wir uns sofort erinnert.

Sie war es, die weinend das Büro der Heimleitung verließ, als wir erstmals dort vorgesprochen haben.

Keine Frage, diese Rache wird ihr guttun.

Fein säuberlich werden die Kochplätze aufgeräumt, während alle singen und die Vorfreude auf morgen jegliches Maß an Zurückhaltung verliert.

Krank

Wie Fell von den Augen fällt es mir, dass einer bei unseren Abendveranstaltungen von Beginn an fehlt.

Zu Hause bereiten wir uns auf den Dienst vor, als Eddy wissen will, was heute auf dem Plan für eine grandiose Vorstellung steht.

»Wir können nicht wie gewohnt weitermachen.

Vermisst Du nicht einen, wenn wir mit vielen Lebenshungrigen nach Spaß suchen?«.

»Du meinst Walter? Er war beim Kochen anwesend. Die übrige Zeit genießt er lieber mit seiner kleinen ›Pelzrolle‹«.

»Es sei ihm gegönnt. Von ihm spreche ich nicht. Erinnere Dich an Peter, der ehemalige ›Praxis-König‹«.

»Stimmt. Ich war so mit Vorbereitungen und Spielabläufen beschäftigt, dass ich nicht registriere, wer sich rauszieht«.

Schuldbewusst schaut mein Freund zu Boden und meint, dass uns Nachlässigkeiten nicht passieren dürften.

»Was schlägst Du vor, Mo? Holen wir ihn nachher?«.

Nach kurzem Überlegen kommt mir eine bessere Idee.

»Menschen seines Genres müssen gefordert werden. Die simple Teilnahme an Aktivitäten wird ihn zum Abbruch veranlassen, nicht zuletzt wegen seines Denkdefizits.

Was ist es, dass sein Herz erreicht?

Er war Arzt und fühlt sich heute noch in seiner alten Rolle zu mehr berufen.

Doktorspiele, die gut vorbereitet werden müssen, sodass er sich nicht veralbert vorkommt«.

»Mir ist ein Rätsel, wie das funktioniert«.

»Wir holen alle anderen mit ins Boot. Sie müssen Krankheiten perfekt simulieren, was ihnen viel abverlangt, doch nicht unmöglich ist«.

Später sitzen wir in unserer altbekannten Runde und weihen die Probanden ein.

Wahnsinn, wie viele Vorschläge kommen, mit denen wir einen perfekten Praxisalltag abbilden.

Bei der Rolle des Alkoholikers melden sich alle, was nicht zuletzt an dem Umstand liegen dürfte, dass der Auserwählte vorher konsumieren muss, um es ›Tüdelpeter‹ zu ermöglichen, eine Fahne zu riechen.

Hauptdarstellerin diesbezüglich wird Oma Ella, die nichts Hochprozentiges verträgt und auf diese Weise viel für die anderen anschließend übrigbleibt.

›Omama‹ wird zu der Patientin mit quälenden Knieschmerzen, Kuddel entscheidet sich für eine Augenverletzung.

Ella muss dringend starten.

Nachdem sie ein Glas Wein getrunken hat, glühen ihre Wangen, während ihre Augen glasig wirken.

Als sie prompt faselt, wegen einsetzender Müdigkeit zu Bett gehen zu wollen, droht unser Plan zu scheitern.

»Halte durch Ella. Ich hole ›Dr. Vergessli‹«, ruft Viktoria und verschwindet im Fahrstuhl.

Wir bereiten derweil das Wartezimmer vor.

Auf nebeneinander geschobenen Stühlen nimmt einer nach dem anderen Platz.

Unvorstellbar, wie gut alle schauspielern, leidend sehen sie aus und nichts ist übrig von den positiven Ausstrahlungen der letzten Tage.

Unsere ›Mamas‹ klappen einen Paravent auf, hinter dem der Doktor Diagnosen stellen und die Leiden behandeln kann.

Viel zu schnell steht er in Begleitung von Vicky in der Tür.

»Wo ist Ella?«, fragt er besorgt in die Runde.

Sie versucht aufzustehen und schwankt zur Seite, woraufhin Peter sie unterhakt und nach einer Liege verlangt.

›Omama‹ humpelt los, um ein Flur-Bett auf Rollen zu holen.

Das begleitende schmerzerfüllte Stöhnen lässt Peter aufschauen.

»Was ist heute in meiner Praxis los? Keine Sorge, ich helfe Euch«.

Zuerst setzt sich Oma Ella auf das Bett und klagt ihr Leid.

»Es ist nicht leicht, offen darüber zu sprechen, Herr Doktor. Ich trinke. Angefangen hat es mit einem Gläschen am Abend, bis eine Toleranzentwicklung einsetzte. Ich brauchte ständig mehr, um mich zu betäuben und schäme mich, dass ich zum Alkohol nicht mehr Nein sagen kann«.

»Ich habe es sofort erkannt«, entgegnet Peter stolz.

»Man nennt das Foetor alcoholicus, wenn der Atem einen verrät. Ihr Zittern und Schwanken verdeutlicht mir, dass es von einem Missbrauch in die Stufe der Abhängigkeit gewechselt ist. Schlafen Sie Ihren Rausch aus. Morgen sehen wir weiter«.

Ella legt sich lang und ist keine Minute später am Schnarchen.

Ihr Abend war heute ein kurzer.

»Der Nächste bitte«.

›Omama‹ humpelt zu ihm vor.

Wie hat sie es hinbekommen, dass ihr Knie so überwärmt aussieht?

Peter tastet das rote Gelenk ab, diagnostiziert eine Schleimbeutelentzündung und verspricht ihr für den nächsten Tag Medikamente zur Bekämpfung der starken Schmerzen.

Zuvor verlangt er bei einer Nachtschwester, die lächelnd unserem Spektakel zusieht, nach einer Kältekompresse, um die vermeintliche Entzündung zu behandeln.

»Sie sind der beste Arzt, den ich je hatte«, himmelt sie Peter an.

»Danke. Sie zählen seit mehr als zwanzig Jahren zu meinen Patienten«.

Er streichelt ihr mit einem ›gute Besserung‹ über die Schulter.

»Alles meine Lieblingspatienten«, erkennt Peter den nächsten Hilfesuchenden in Werner.

»Was kann ich für Sie tun?«.

»Ich bin einsam«.

»Stehlen Sie mir nicht meine kostbare Zeit. Sehe ich aus wie ein Psychiater?«.

»Nein, Herr Doktor. Sie verstehen nicht. Einzig zu Ihnen habe ich Vertrauen, um zuzugeben, dass mich meine Psyche krank macht. Hier tut es weh«.

Werner zeigt auf sein Herz.

Beachtlich, dass ihm so schnell künstliches Weinen gelingt, was authentisch wirkt.

»Diese Schmerzen hier und diese Angst vor einem Infarkt«.

Peter schaut sich um.

»Mein EKG-Gerät ist zur Reparatur, glaube ich. Meinen Sie, Sie halten es bis morgen aus? Ich überweise Sie ins Krankenhaus zum Herzcheck. Schwester? Machen Sie dem Mann bitte schnell einen beruhigenden Tee«.

Diese ist beschäftigt, ›Omama‹ die Kühlpackung auf das Knie zu legen und reagiert unverzüglich auf den neuen Auftrag.

»Wird erledigt, Doc«.

»Schau Eddy. Hat Kuddel sich sein Auge angemalt?«.

»Hast Du es nicht mitbekommen? Er muss morgen real zum Arzt«.

»Was ist passiert?«.

»Er hat seinen Part zu ernst genommen. Mit einem Stock wollte er so lange am äußeren Auge reiben, bis es sich rötet. Der kleine Unfall schob sich dazwischen. Der Stock traf mitten ins Innere. Seitdem tränt sein Auge unaufhörlich und hat sich unverzüglich blaurot verfärbt. Die Nachtwachen wollten ihn ins

Krankenhaus bringen, er bestand auf seinen Patienten-Einsatz«.

Der Arme.

Ob Peter die Dringlichkeit und nicht vorgespielte Erkrankung erkennt?

Tut er nicht, was das Ausmaß seiner fortschreitenden Erkrankung unterstreicht.

»Das Auge? Sieht schlimmer aus, als es ist. Schaut nach einer Allergie aus. Am besten waschen Sie es mit kaltem Wasser aus. Schwester? Haben Sie eine Augenklappe?«.

Die Pflegekräfte haben sich ihren Nachtdienst denkbar entspannter vorgestellt, aber auch dieses Hilfsmittel wird prompt besorgt.

Wie ein Pirat verlässt Kuddel den Raum.

Passt zu seinem früheren Job auf See.

Ob Walter einen Hörsturz erlitten hat, als ›Doc Vergessli‹ ihm ins Ohr brüllte, nachdem er über Hörverlust geklagt hatte?

Ob Karl Rückenschmerzen plagen, nachdem der Doc sich auf seine Lendenwirbelsäule gekniet hatte, als er von den Beschwerden hörte?

Brigitte, Du erinnerst Dich?

Der Putzfimmel, der sie fest im Griff hat, wurde zum Albtraum, als ›der Arzt‹ ihren Feudel als Windel umfunktionierte, weil sie über Inkontinenz klagte.

Nobbi, unser ›Knastonkel‹, beklagte Muskelschmerzen und erhielt nicht mehr als den Rat, sich die bunten Bildchen von den Oberarmen abzuwaschen. Ohne weitere Behandlung sollte es erledigt sein.

Jetzt bin ich dran.

»Onkel Doc? Ich bin ein Shih Tzu und leide unter meiner Behaarung. Wer ein Arzt für Menschen in Perfektion ist, kann auch mir helfen«.

Ich höre, wie er nach einem Rasierapparat verlangt.

Diese Art von Spaß reicht und endet an dieser Stelle.

»Ich komme morgen in Ihre Praxis. Schwester? Der Arzt hat Feierabend, das Wartezimmer ist leer«.

Zufrieden und glücklich wirkt Peter, als er zurück in sein Zimmer begleitet wird.

Wenn wir auch davon ausgehen, dass er an den nächsten Abenden wieder fehlt, so haben wir heute etwas vollbracht, dass uns ausfüllt.

Er fühlte sich gebraucht.

Ein Empfinden, das den meisten hier verloren geht und wichtig ist.

Bei allen Erkrankungen, die uns untergekommen sind, hören wir beiläufig von dem Eklat, der sich heute in der Mittagsschicht in der Residenz abgespielt hat.

Die an Horrorfilme erinnernde Heimführerin musste ihren Arbeitsplatz verlassen, um einen Notarzt aufzusuchen.

Die Schadenfreude zu verbergen, gelingt keiner der Nachtschwestern, die uns die Geschichte brühwarm erzählen.

Wir haben die Auserwählte und Richtige getroffen.

Kein anderes Fazit lässt sich ziehen.

Als wir hören, dass sie den Koch und seine Beiköchin abgemahnt hat, überkommen uns ernste Schuldgefühle.

Nicht die Küchenexperten sollte es treffen.

»Diese Frau muss weg«, ist Eddys erste Reaktion auf die Geschehnisse.

Der einsetzende Beifall spricht für sich und wir befinden uns auf dem richtigen Weg.

›Hunde hoch, Menschen fallt‹

Der verrückte Terrier mit seinem ›durchgeknatterten Schizo‹- Shih Tzu - wir werden allabendlich heiß erwartet.

Du kannst geteilter Meinung sein, ob unsere Therapien pädagogisch wertvoll sind.

Definitiv ist Leben in dem gelben Gebäude eingezogen.

Es wird gejodelt, gelacht, gesungen und getanzt.

Viele Ältere haben mit der Zeit eine große Klappe entwickelt, sodass es nicht zu viel verlangt ist, dass sie mit uns die Haut tauschen.

Bei Dieter mit seiner Multiplen Sklerose gilt die Entschuldigung, er sei zu immobil für das folgende Spiel, das da lautet: ›Hunde hoch, Menschen fallt vor uns auf die Knie‹.

Die Zweibeiner sind im Vorteil, scheint es viel einfacher, sich auf allen vieren fortzubewegen.

Da krabbeln sie - nicht unbeholfen wirkend - auf dem Boden herum.

Ob sie uns ärgern wollen, indem sie Kläffen nachahmen?

Darüber hinaus schnuppern sie gegenseitig an ihrer Kleidung und in Ecken. Mit einem ›Wuff‹ lässt Kuddel nicht einmal den Po von Viktoria aus.

Na wartet.

Ich strecke mich nach oben und laufe zwei Schritte vorwärts, bis ich unter lautem Gelächter platt auf dem Boden vor der Meute lande.

Autsch.

»Eddy Eddy«, fordern sie meinen Freund heraus.

Bin ich anfangs noch absolut überzeugt, dass er die gewollte Disziplin mit Auszeichnung besteht, beobachte ich ein Armutszeugnis.

Er kommt nicht auf die Hinterbeine, woraufhin die ›geklonten‹ Vierbeiner irgendwas wie ›Dickerchen‹ und ›Diät‹ schreien.

Diese Scham.

Ich wünsche mir, sie ihm zu ersparen.

Bleibt noch Wally, der unsere Ehre rettet.

Was der kleine Knirps zustande bringt, hätten wir niemals erwartet.

Er stellt sich auf und tänzelt durch die Menge.

Überhaupt agiert er, als sei er als Zweibeiner geboren.

Walters Stolz ist unübersehbar und just in dem Moment zu bändigen, als die Gruppe Eddy und mich in Schutz nimmt.

»Hunde sollen Hunde bleiben«, hören wir von ›Omama‹, »sie sind wertvoller als manch einer, der sich auf zwei Beinen fortbewegt«.

Viktoria bringt was Entscheidendes auf den Punkt.

»Wir schaffen, auf die Knie zu gehen aus Hochachtung davor, dass diese Hunde fähig sind zu sprechen«.

»Damit nicht genug«, gibt Werner zum Besten.

»Sie leisten die zum Erliegen gekommene Herzarbeit, die keiner der Menschen hier im Haus hinbekam«.

Ich bin gerührt von diesen anerkennenden Lobeshymnen und Eddy freut sich darüber, dass unsere Blamage schnell vergessen ist.

›Menschenmikado‹

Mir kommt der Gedanke für eine neue Disziplin.

»Da Ihr obendrein alle am Boden liegt, spielen wir weiter.

›Menschenmikado‹. Kriegt Ihr das hin?«.

Eddys Einwand, dass der, der dran wäre, einen ganzen Menschen von den anderen runternehmen müsste, ohne dass sich die anderen bewegen, klingt nach Drückeberger.

»Querkopf. Spielregeln sind da, um geändert zu werden. Ein Haufen wird gebildet, indem alle übereinander liegen, kreuz und quer. Rutscht rüber über Eure Partner. Zu schwer? Eddy und ich stellen Euch ›Kurze‹ vors Gesicht. Überkommt Euch die Lust auf Alkohol, müsst Ihr zugreifen. Einzig die Arme dürft Ihr bewegen, keine anderen Extremitäten. Wird ein zweiter ›Flachlieger‹ berührt, scheidet der Wackel-Provokateur aus«.

Für Alkohol tun die alles.

Schnell rutscht der eine unter den anderen, ein Weiterer liegt obendrauf.

Ein Bild, das mich amüsiert.

Am ersten Tag, als wir dieses Heim betraten, konnte ich mir diese Entwicklung nicht im Entferntesten vorstellen.

»Eddy? Wally? Los, wir müssen Schnaps verteilen«.

Um es nicht zu leicht zu machen, werden die Gläschen und Fläschchen mit größerer Distanz zum Mund - nicht unerreichbar - platziert.

Verzichtet heute jeder?

Enttäuscht stelle ich fest, dass sich nicht ein einziger bewegt, um nach dem ›süßen Gift‹ zu greifen.

Niemand.

Ich gebe zu, dass ich höre, wie alle flüstern, doch Mundbewegung steht nicht in der Verbotsliste, die bis ins kleinste Detail von mir improvisiert wurde.

Unvermittelt und für meinen Freund und mich überraschend richten sich alle auf und trinken aus, was vor ihnen steht.

»Ihr habt Euch alle bewegt«, rufe ich empört.

»Das ist beim ›Menschendomino‹ diese Dynamik. Ein Stein setzt sich in Bewegung und zieht alle mit« versucht ›Tattoo-Norbert‹ seine Überlegenheit in Szene zu setzen.

Lerne Dich anzupassen, sonst scheiterst Du schneller als ich an meinen Vorstellungen.

»Domino? Mikado!«, werde ich sauer.

»Spielregeln sind da, geändert zu werden. Hast Du vorhin betont. Da wir alle gesiegt haben, spricht nichts gegen Nachschub«, lacht Nobbi mit einem Sarkasmus, der auf mich krank wirkt.

Unsere ›Mamas‹ streicheln mich tröstend und wirken auf mich ein, indem sie verdeutlichen, dass wir das wichtigste Ziel erreicht haben.

»Guck, Mo. Diese Gruppe ist mittlerweile durch Euch eine Einheit. Alle verstehen sich, jeder hilft dem anderen und niemand sieht traurig aus. Lass sie feiern und rede Dir nicht ein, dass es auf Deine Kosten geht«.

»Auf Eure«, finde ich zu meinem witzigen Spirit zurück.

»Der Alkoholvorrat ist erschöpft. Hey Leutchen, Ihr habt die Wahl, wonach Eure Gaumen verlangen. Morgen wird groß eingekauft. Verliert man mit dem Wegsperren den Blick für den Wert des Geldes? Nicht schlimm. Dass Ihr Gaumenfreuden schätzt, konnte Euch keiner nehmen. Schaut nicht auf Preise, hinterfragt Euch, in welchen Genuss Ihr seit Langem nicht mehr gekommen seid.«.

Dieses Entsetzen in den Augen unserer Frauchen verstehe ich nicht.

Das Wichtigste ist, alle glücklich zu machen.

Wenn ich sie richtig verstanden habe.

›Switch‹

> Wimmelmarschundzwirn‹.

Mittlerweile haben wir von den Kündigungen des Kochs und seiner Gehilfin erfahren, was Schuldgefühle und Wünsche nach Wiedergutmachen hervorruft.

»Eddy? Dieser Drachen darf nicht weiter regieren, als sei sie in der Politik. Unheil bringt sie und schadet dem Ansehen von allen Seniorenheimen, sobald sich Angehörige fernab über diese Zustände unterhalten und es weitertragen«.

»Sehe ich genauso. Denk an unsere Abendshow, wir sind spät dran. Anderes regeln wir - alles zu seiner Zeit«.

Wie gewohnt werden wir sehnlichst - von einigen obendrein draußen vor dem Gebäude - erwartet.

Scheinbar werden die Seniorinnen und Senioren kein bisschen müde.

Warum wirkt ›Omama‹ niedergeschlagen?

Nein, bitte kein erneuter Abschied.

Ich akzeptiere ausschließlich ein Augen-Schließen bis zum nächsten Tag. Noch nagt die Trauer um mein lieb gewonnenes Hildchen an mir.

»Marianne, alles gut?«, fragt Eddy, den sichtlich Sorgen quälen.

Fürwahr ein Abschied.

Ihrer.

»Unvorstellbar, Euch nicht mehr jeden Tag sehen zu können. Euch in meinem Leben zu wissen, gab mir das Gefühl von Sicherheit«.

Ihre Tränen würde ich trocknen, wenn mich meine nicht überfordern würden.

»Wo willst Du hin?«, erinnere ich nicht das Arrangement ihrer Kinder.

Gut möglich, dass ich es in einer Art Schutz-mechanismus in voller Absicht verdrängt habe.

»Nächste Woche ziehe ich in mein neues Zuhause. Noch vor wenigen Wochen wäre es wie ein Lottogewinn gewesen, einsam und unglücklich, wie ich war. Seit Ihr uns abends zum Aktivsein motiviert, ist das Leben hier nicht nur erträglich, sondern schön geworden.

Untereinander sind echte Freundschaften entstanden, die zuvor unmöglich waren, weil jeder zum Einzelgänger wurde in seinem winzigen Zimmer fernab der Gesellschaft.

Die Stunden, die Ihr bei Euch zu Hause seid, nutzen wir hier für tiefgründige Gespräche und warten ungeduldig auf die abendlichen Ablenkungen.

Wie habt Ihr aus einem toten Haus eines gemacht, das voller Leben ist?«

›Omama‹ streichelt uns und wirkt zufrieden und ausgefüllt, als wir ihr einen Besuch versprechen, sollte unsere ›Mission‹ in der Residenz beendet sein.

Kuddel und Dieter winken von Weitem und rufen nach uns.

»Braucht Ihr Nachschub? Unvorstellbar, dass uns die Euphorie gilt«, amüsiert sich Eddy über die Ungeduld.

»Das eine und das andere«, lässt Kuddel uns wissen.

»Einzuwenden haben wir alle nichts gegen Wunderschnäpschen. Noch drängender ist der Wunsch nach Beschäftigt-Werden.

Ihr seid zwanzig Minuten zu spät, die sich wie Stunden hingezogen haben.

Sagt, was habt Ihr heute mit uns vor?«.

»Keine Außenaktivität. ›Zimmerswitch‹ und Rollentausch«.

Wenn Ahnungslosigkeit ins Spiel kommt - auf ganzer Linie.

Ich als mittlerweile geübter Verkünder der Spielregeln erkläre, was ich meine.

Die Frauen schlüpfen in die Rolle eines Mitbewohners ihrer Wahl und übernehmen für die nächsten Stunden dessen Kleiderschrank, um sich eine Garderobe auszusuchen.

Witziger wird es umgekehrt, weil für die Männer Hosenverbot besteht.

Die Vorfreude steigt und der Jubel ist groß angesichts der anstehenden Verwandlungen.

Alle quatschen durcheinander, um sich einen Charakter auszuwählen.

Für Perücken ist gesorgt, da unsere ›Mamas‹ im Vorfeld alte Faschings-Utensilien bei sich und Freunden zusammengekramt haben.

Werners Humor blitzt auf.

»Hey Frauen, Mut zur Glatze?«.

Ungelogen steht es übereinstimmend auf meinem Zettel und ich bin froh, dass mir Werner den Vorschlag zu unterbreiten abgenommen hat.

›Omama‹ und Viktoria sind die Ersten, die kein Problem sehen und sich anbieten.

Das war abzusehen, dass unser ›Knastjunge‹ buchstäblich fleht, die Rasuren vornehmen zu dürfen.

Vor einem Spiegel sitzend fallen die ersten gelockten grauen Haare von ›Omama‹ zu Boden.

Das Schmunzeln zu verbergen fällt Eddy und mir schwer.

Als das Werk vollbracht ist, sieht sie radikal verändert aus.

Kuddel hat ihr einen Vollbart angeklebt und sie entscheidet sich für eine weite Hose mit Hemd und Jeansjacke sowie einem Baseballcap von ›Herrn Kriminelli‹.

Erstaunlich, diese menschliche Umgestaltung.

Welche Frau ›switcht‹ in meine Haut?

Als Nächster muss Nobbi in den sauren Apfel beißen und in eines der Kleider von ›Omama‹ schlüpfen.

Aus dem harten Kerl wird eine süße ältere Frau - nicht zuletzt durch künstliche graue Haare und Kopftuch, einer Handtasche über dem Arm und Absatzschuhen.

Kaum zu glauben, was für einen Spaß es ihm bringt, anschließend auf- und abzugehen. Bei jedem Klickern auf dem Laminat hören wir ›Ups‹.

Die Frauen tragen später ohne Ausnahme coole und maskuline Looks, während alle Männer sich gegenseitig übertrumpfen wollen bei ihren Travestie-Auftritten.

Dachte ich noch, dass Männer sich für Werkzeuge interessieren, mit denen sie was erschaffen, muss ich ihr reges Interesse an Lippenstift und Nagellack feststellen; Utensilien, die nicht links liegengelassen werden, - vielmehr kommen sie exzessiv zum Einsatz.

Für die in Anbetracht der glücklichen Gesichter ins Auge gefasste Modenschau, die wahrlich bei den Ergebnissen nicht fehlen darf, braucht es einen perfekten Laufsteg.

Also raus ins Treppenhaus und runter in den Garten.

Der Dunkelheit trotzen wir mit Flutlicht, was den Nachtwachen nicht verborgen bleibt, sodass sie nach dem Rechten schauen.

Die Hände vor den Mund haltend, brechen sie in schallendes Gelächter aus und beklatschen jeden Modelauftritt.

Wir hören, dass es zuvor ein Fest dieser Art nicht gegeben hat und dass die Pfleger genießen, in diese glücklichen Gesichter schauen zu dürfen.

Hinzu kommt, dass der erhöhte Alkoholkonsum toleriert wird, der sich mitteilt, indem gestolpert und inadäquat gelacht wird.

Ein gelungener Programmpunkt, den wir als Erfolg verbuchen.

»Eddy? Es steht noch eins auf der Liste«.

»Ich weiß. Gehstock-Wettschießen. Wir haben mehr erreicht, als wir uns hätten vorstellen können. Unser Auftrag steht vor der positiv festzuhaltenden Beendigung«.

»Nein. Die Frau muss weg. Du erinnerst Dich?«.

Wie ein Blitz entsteht in einem meiner Gehirnwinden eine letzte Programmänderung.

»Langweilig, mit Gehstöcken zu werfen, zumal nicht jeder einen besitzt. Rollengehhilfen fliegen nicht weit«.

»Was schwebt Dir Morgenabend vor?«.

»Künstlerisches Gestalten mit einem Vorher-Nachher-Vergleich«.

Eddy schaut mich fragend an.

»Vorm Alkohol und nach dem Konsum«, gebe ich einen Hinweis.

»Das war mir klar. Nur ist malen nichts Außergewöhnliches«.

»Lass Dich überraschen. Ich nenne es zwei Fliegen mit einer Klappe schlagen«.

Heim kaputt

Künstlerische Gestaltung

1st es fürwahr der letzte gemeinsame Abend mit allen, die uns ans Herz gewachsen sind?

Diesen einzuläuten, tut weh.

Unsere Ziele haben wir erreicht, mit einem Erfolg, der größer ist als alles, was wir uns vorgenommen hatten.

Bis auf eine Herzenssache, an der ich heute arbeite.

Noch stellt sich mein Buddy was anderes unter künstlerischem Gestalten vor, was mir deutlich wird, als er Malblöcke und Stifte in den Bollerwagen packt.

In einem unbeobachteten Moment ergänze ich um Spraydosen, Lackfarben und Pinsel.

Es gilt zu vermeiden, dass mein Plan im Keim erstickt wird, woraufhin ich mein Zubehör mit einer kleinen Plane abdecke und flüssige Leckereien für die Großen darauflege.

Kein Raum für Fragen vonseiten meiner Familie.

Nichts ist wichtiger, als perfekt vorbereitet zu sein.

Auf dem Weg zum Einsatzort bin ich ungewohnt still, weil mir mein Alleingang Magengrummeln verursacht.

Wie agiere ich, ohne aufzufliegen?

Eddy muss ich bewegen, mit einer Gruppe auf Papier zu malen, während ich mit einem anderen Trupp mein Vorhaben ausführe.

Wie am Schnürchen funktioniert die Aufteilung, indem ich Kuddel, Norbert, Werner und ›Omama‹ instrumentalisiere.

Mein Freund ist enttäuscht, als die vier sich krankmelden und pflichtet mir bei, mit den Bettlägerigen auf ihren Zimmern zu zeichnen.

Er entscheidet sich für die Kunst im Freien und sammelt eine Schar Heimbewohner um sich, die ihm und unsere ›Mamas‹ in den Garten folgen.

»Kuddel? Wir brauchen die Sprays. Lass Dich nicht erwischen und bringe für Euch Tropfen zum Belohnen mit«.

Niemand hat mitbekommen, wie er die ›anderen‹ Farben geholt und in sein Zimmer gebracht hat, in dem wir auf ihn warten.

›Omama‹ erklärt augenzwinkernd meine Spielregeln, an denen sie nicht unbeteiligt war.

Wir gehen von Raum zu Raum, entfernen alle langweiligen Bilder und sprühen Graffiti an alle Wände mit dem Kürzel der ›Heimhexe‹, deren Namen ich mir gemerkt habe.

Bilder wie Smileys, die Übelkeit ausdrücken, die Zunge herausstrecken und ein nackter Hintern in Richtung des Beobachters - sie werden jede Zimmertür von innen verzieren.

Die leeren Spraydosen und Lackfässchen verstecken wir anschließend im Büro der Leiterin.

Heute hat unsere Lieblingsnachtwache Dienst, die uns vor Kurzem beim Durchstöbern der Heimunterlagen geholfen hat.

Auf die Plätze, fertig, Spray-Attacke.

Das erste Zimmer ist nicht wiederzu-erkennen.

Beeindruckende Leistung und künstlerisches Talent bescheinige ich jedem aus meinem Team.

Gut, dass die Fensterscheiben und der Fernsehbildschirm nicht verschont worden sind, war ungeplant.

Sofern wir die Zimmer betreten, in denen die eine oder der andere sich aufhalten, erfüllen wir besondere Wunschmotive.

»Seid Ihr komplett irre?«, höre ich Eddy hinter mir aufgeregt schreien.

»Was für ein Schaden. Wenn Euch der Alkohol nicht bekommt, solltet ihr die Hände von dem Zeug lassen«.

»Ruhig Blut, Kumpel. Ich bin nüchtern und trage nicht grundlos Handschuhe«.

Meine Pfote zieren kleine Baumwollfetzen, die mir Werner übergestülpt hat.

»Das wird teuer«, tobt mein Kumpel.

»Ob mit oder ohne Promille - wo ist Dein Unrechtssinn?«.

»Wieso meiner? Schau auf das Kürzel unter jedem Bild«.

Irre ich mich? Sein Blick leuchtet.

›Omama‹ sammelt die leeren Dosen ein, ohne Ihre DNA zu hinterlassen, während Kuddel die Nachtschwester holt, die mit weit aufgerissenen Augen auf die Wände schaut.

Ist das Schnappatmung?

»Ihr werdet die Kündigung und eine Schadenersatzanzeige bekommen«.

»Wir nicht«, hat Eddy begriffen. »Wir brauchen den Generalschlüssel«.

Dass jeder Mitarbeiter sich wünscht, diese Hyäne loszuwerden, die Menschen drückt und ihren Egotrip seit Jahren fährt, wird deutlich, als die Mitarbeiterin losrennt, um mit uns die Tatwaffen zu deponieren.

Eine winzige Rolle mag spielen, dass der Koch ihr Lebensgefährte ist, was sich im anschließenden Gespräch herausstellt.

»Wir sagen es den ›Mamas‹ nicht, bitte«, flehe ich Eddy ängstlich an.

»Was wollt Ihr uns nicht sagen? Dass Ihr aus der Residenz einen Hippie-Schuppen gemacht habt?«, höre ich die mir gut bekannten Stimmen, die ich brauche, wenn ich mich nicht gut fühle.

Sie klingen nicht böse.

»Ich hatte keine andere Wahl. Die Menschen hier waren todunglücklich und litten unter dieser Furie. Weinend haben die armen Bewohner das Büro des Heim-Staatsoberhauptes verlassen, Kontakte untereinander waren unerwünscht, alle vegetierten menschenunwürdig vor sich hin.

Diese Machthaberin sprach ungeprüft Kündigungen aus, obwohl wir diese ungenießbare Mahlzeit zu verantworten hatten.

Sie macht andere krank und alle leiden unter ihr.

Der Heimvorstand muss sie absetzen und einen geeigneten Nachfolger suchen.

Auf diese Weise bleibt der derzeitig herzliche Charakter dieser Altengemeinschaft erhalten.

Ich spielte heute mit unfairen Mitteln, während sich das bei ihr durchs Leben zieht. Seid mir nicht böse«.

»Wir sind Zeugen, dass Ihr mit uns und allen Bewohnern sowie den Nachtwachen draußen zusammen gezeichnet habt«.

Liebe fühlt man - wie ich in diesem Moment.

Auf dem Heimweg telefonieren unsere Frauchen mit einem befreundeten Hacker, dem es gelingen sollte, an vertrauliche E-Mails der Chefetage zu kommen.

Gut vorstellbar, dass wir auf noch mehr Indizien stoßen, die untermauern, wie korrupt und untragbar diese Frau für den Heimträger ist.

Ärger mit der Heimleitung

Aus dieser Nummer herauszukommen, wird schwer, dessen sind wir uns bewusst.

Sinn ergibt es nicht, unser Abendprogramm fortzuführen, wenn uns auch viele Ideen zur Verfügung stehen, für perfekte Ablenkung zu sorgen.

Mein Buddy fragt sich am Morgen, was heute im Heim los sein wird. Aus diesem Grund räumen wir einer Inaugenscheinnahme den Vorrang ein.

Letzte Nacht ist der Experte, der von unseren Frauchen eingespannt wurde, auf brisante Details gestoßen.

Nicht alleinig, dass die Managerin über keine Expertise verfügt, eine Einrichtung zu leiten.

Der Vorgesetzten-Posten wurde ihr von einem Vorstandsmitglied übertragen, der ihr noch einen Gefallen schuldig gewesen sei.

»Ist das nicht verboten, Eddy?«.

»Im Grunde ja. Diese Geheimhaltung hat lange gut funktioniert. Schlimmer finde ich die Geschäfte, die detailliert aufgedeckt wurden«.

Er meint die Veruntreuung von Spendengeldern, die zugunsten der Residenz-Einrichtung und Modernisierung gesammelt, anschließend ins eigene Portemonnaie geflossen sind.

Halb und halb haben die zwei Gauner vereinbart, sodass Unregelmäßigkeiten durch den Maulwurf im Vorstand verdeckt werden konnten.

Das ist nicht alles.

Verträge, die mit den Angehörigen der Heimbewohnerinnen und -bewohner geschlossen wurden, gab es in unterschiedlichen Versionen – der offiziellen und der, die dem Vertragspartner ausgehändigt wurde.

Unsere ›Mamas‹ haben schnell durchschaut, dass höhere Beiträge an das Heim flossen als die, die verbucht worden seien.

Wir wussten von Beginn an, dass mit dieser Frau was nicht stimmt.

Sich über Machenschaften per E-Mail auszutauschen, zeugt von einer gewissen Dummheit.

»Was ist los mit Dir, Mo?«

»Alles war umsonst«.

»Im Gegenteil. Der Verhassten wird der Prozess gemacht, Kleiner. Weiter wurden todunglückliche zu lebenshungrigen Menschen«.

»Ich meine die Aktion gestern. Das Heim ist zerstört, obwohl alles viel leichter gewesen wäre«.

»Stopp Deine grüblerische Selbstzerstörung. Wenn Du sonst Deinen fanatischen Gerechtigkeitssinn durchsetzt und lieber ehrlich untergehst als verlogen emporsteigst, bleiben wir bei der verabredeten Version, dass die Hyäne für den Vandalismus verantwortlich ist. Hörst Du?«.

»Eddy bringt es auf den Punkt«, trösten unsere ›Mamas‹, »die hat sich mit ihrem Komplizen ein kleines Vermögen erschlichen. Nichts spricht gegen finanzielle Wiedergutmachung«.

Wenn es mir auch schwerfällt, werde ich schweigen und die Pfoten stillhalten.

Vor dem Heim ist eine Menge los, als wir eintreffen.

Der Polizeiwagen macht mir trotz unseres stillen Zusammenhaltes und der Absprachen Angst.

Die Beamten befragen das Personal sowie Werner, Walter und ›Omama‹.

Als wir näher herankommen, ergreift Eddy sofort die Initiative.

»Was ist passiert? Ein Einbruch?«.

Die Polizistin schaut zu uns herunter.

»Ihr seid die zwei, die mit allen gestern Abend im Freien Therapien durchgeführt habt?«.

Ich nicke und beginne zu zittern, weil mich ein ungutes Gefühl beschleicht, woraufhin ›Omama‹ sich bückt und mich streichelt.

»Keine Angst, Mo. Keinem ist was passiert. Wir sind überzeugt, dass es Jugendliche waren, die sich eingeschlichen haben, als wir alle draußen abgelenkt waren«.

»Habt Ihr Exaktes beobachtet?«, fragen uns die Ordnungshüter.

Wenn ich lügen muss, dann richtig.

»Teenager habe ich nicht gesehen. Gewundert habe ich mich über den Wagen unserer Chefin, die abends sonst nicht hier ist. Wenn ich an anderen Tagen die Therapie-Einheiten ernster nehme und mich zuverlässig jedem einzelnen Menschen widme, musste ich ausnahmsweise ein Auge auf den Parkplatz richten. Nach geraumer Zeit verließ sie das Gebäude und ich konnte mir nicht erklären, warum sie es so eilig hatte. Ordner trug sie auf dem Arm«.

Alle gucken mich entgeistert an.

»Sie wollte was verstecken, ich schwöre, unter Eid« beende ich meine zweckmäßige Aussage.

Die Spurensicherung, die derweil das Gebäude auf den Kopf stellte, bekräftigt meine Worte.

Ein Beamter teilt mit, dass viele Spraydosen im Chefbüro gefunden wurden.

»Was für einen Grund sollte sie gehabt haben, dass die Einrichtung renovierungsbedürftig dasteht? Mir leuchtet das nicht ein«, überlegt die Polizistin, woraufhin ich ihr die Erklärung auf einem Silbertablett - zur Höchstform auflaufend - liefere.

»Zum Zweck des erneuten Spendenaufrufs. Es wird gemunkelt, dass sie mit dem Vorstandsvorsitzenden gemeinsame Sache macht. Gemeinsam haben sie sich über Jahre bereichert. Das Vorstrafenregister muss länger sein als der Jakobsweg«.

Es läuft wie am Schnürchen.

Alle Unterlagen werden beschlagnahmt und die Heimleiterin zum Polizeiwagen begleitet.

Mittlerweile stehen die meisten Bewohnerinnen und Bewohner vor der Tür und gucken zu der keifenden Frau, die abgeführt wird.

»Sie machen einen großen Fehler«, tobt sie und verdeutlicht, dass sich die Ermittlungen auf die Falsche konzentrieren.

Ich müsste ein schlechtes Gewissen haben, doch überwiegt mein Aufatmen, dass mit ihrem Abgang eine neue Ära eingeleitet wird.

Zum Wohle und im Sinne der Mitarbeiter und Senioren.

Beruhigend, dass wir wissen, dass Auffälliges gefunden wird.

Der gewählte Weg, ihre Taten aufzudecken, war nicht der fairste, auf der anderen Seite wären wir mit den erlaubten Mitteln gescheitert.

In den vergangenen Wochen machten wir viele Heiminsassen glücklich, jetzt das Aufatmen aller Pflegekräfte zu beobachten ist ein besonderer Bonus.

Auf dem Rückweg erzählen wir ausgiebig über Eventualitäten, wie es weitergehen könnte.

Das Lob für meine Flunkerei schreibe ich mir auf die Brust und werde es zitieren, falls ich in anderer Hinsicht eine Notlüge verwenden muss.

Am Abend meldet sich Kuddel bei unseren Frauchen.

Die Straftaten konnten der ›Heim-Hexe‹ nachgewiesen werden in einer Größenordnung, die einen vorläufigen Haftgrund wegen Verdunklungsgefahr zur Folge hatte.

Dieser seriöse Herr vom Vorstand wechselt in eine kleine Neben-Zelle.

Jetzt sehen sie, was sie den bedauernswerten alten Menschen mit der haftähnlichen Unterbringung angetan haben.

Kuddel erzählt, wie wir gefeiert werden.

Wir würden allen fehlen, sei es der erste Tag, an dem wir ihn und die anderen nicht an unseren eigentümlichen Vorhaben teilnehmen ließen.

Nicht einzig er wünsche sich eine rauschende Abschiedsparty bei dem nahenden ›Missions-Ende‹.

Ein Abschied folgt - viel zu schnell.

Geh nicht

Bye, geliebter ›Doc‹

Herr da oben, lieber Buddha, warum tut Ihr mir das an?

Reicht es nicht, dass Ihr mir Hildchen genommen habt?

Diesen Tag habe ich mir anders vorgestellt.

Im Grunde war abgesprochen, dass wir für alle Bewohner und Pfleger einen kleinen Umtrunk organisieren.

Die Genehmigung erteilte unsere liebste Nachtschwester, die wegen ihrer guten Qualifikation als kommissarische Heimleiterin eingesetzt wurde.

Ihre erste Amtshandlung beinhaltete die Rückholung des Kochs und der Küchenhilfe und eine persönliche Ansprache an alle.

Ab sofort wird unter ihrer Führung ein anderes Klima herrschen, was die Sekretärin aufatmen lässt.

Niemand wird mehr weinend das oberste Büro verlassen.

Absprachegemäß erscheinen wir zur verabredeten kleinen Feier.

Die Tische im Veranstaltungsraum sind festlich geschmückt und hier wird gegessen, getrunken, genossen und gelacht.

Eddy und ich laufen zu allen Plätzen, genießen, wie wir gefeiert werden und feiern die, die beteiligt waren an dem großen Erfolg, diesem Heim ein Prädikat zu verleihen, das für Wohlfühlen steht.

Beflügelt von dieser Harmonie tänzele ich herum und stolpere über Wally, der - das ist uns nicht neu - seinem Walter zu Füßen sitzt.

»Autsch« grummelt unser ›Fellfreund‹, während ich durch die Schmerzen viel lauter schreie.

Hinten erhebt sich ›Tüdelpeter‹ und verlangt nach seinem Arztkoffer, woraufhin ihm sein Täschchen von einer Pflegekraft gereicht wird.

Wenn er sich auch im Ruhestand befindet, erleichtert mich, dass er sich als echter Arzt meine Verletzung ansieht.

»Du armer ›Wuschel‹, wo tut es Dir am meisten weh?«.

»Mein linkes Bein«, jammere ich.

»Ich soll das sein lassen? Nein, Du brauchst Hilfe«.

»Ja. Ich vermute, es ist geprellt«.

»Mit dem Fell ist alles gut«.

»Ich meine eine Prellung«.

»Recht hast Du mit Zerrung. Du solltest Medizin studieren. Ich hole ein Dreieckstuch, warte hier«.

In dem Wissen, dass er wichtige Aufgaben genießt und braucht, lasse ich ihn ziehen.

Bis meine Augen Unerwartetes sehen, was viel mehr schmerzt als mein Bein.

Peter bricht mitten im Raum zusammen.

Alle springen auf und kümmern sich rührend um den Mann, der wie in einem Zeitraffer aus seinem Leben berichtet.

Wieso gelingt es ihm, Daten abzurufen, an die er sich zuvor nicht mehr erinnerte?

Mit einer Bitte richtet er sich an Walter, er möge sich um seine Frau kümmern.

Als er mich ansieht, wünscht er sich, dass ich seine Praxis übernehme und in seinem Sinne fortführe.

Unglaublich, er hat mich mit ›Mo‹ angesprochen und wendet sich mit korrektem Namen an Eddy.

»Geh Deinem Freund helfen, ich habe einen Riesen-Datenstamm an Patienten. Ihr seid toll. Und Du« schaut er zu mir, »kuriere Dich vorher aus, nichts ist wichtiger als Gesundheit«.

Ich sehe, wie er seine Augen schließt.

Neeeeeeein!

Wiederholt springe ich auf seiner Brust hoch und runter. Mit meiner Herzmassage werde ich Peter retten.

Dieser Moment, als er die Augen öffnet, ist unbeschreiblich.

Was für ein historischer Moment, dass ein Shih Tzu einem Mann das Leben rettet.

»Er atmet selbstständig. Wir brauchen einen Krankenwagen«.

»Ist unterwegs, Mo«. Eine Pflegerin bringt eine Wolldecke für den am Boden frierenden Patienten, der weiter Stationen seines Lebens aufzählt.

Der Wahrheitsgehalt ist fraglich, dem ungeachtet streichelt dieses zufriedene Lächeln, das er auf seinen Lippen trägt, meine Seele.

Die eintreffenden Sanitäter stabilisieren Peter im Beisein von Eddy und mir.

»Ich habe ihn gerettet, Ihr seid dran«. Ich schaue dem Notarzt in die Augen.

»Toll hast Du das gemacht. Beim Herzinfarkt ist Brustmassage das Mittel der Wahl. Er muss unverzüglich zur weiteren Diagnostik und

Behandlung ins Krankenhaus. Ihr könnt nicht mit«.

Der Arzt macht die Dringlichkeit deutlich und wir machen Platz, um einem reibungslosen Ablauf nicht im Weg zu stehen.

Traurig, dass uns Hunden Derartiges nicht erlaubt wird.

Mit meinem Pfötchen Peters Hand im Rettungswagen zu halten, gäbe mir den Halt, den ich ihm vermitteln möchte.

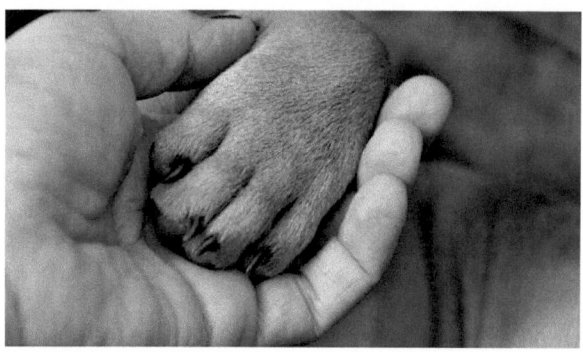

So bleibt mir zu beten, dass alles gut wird.

Der Wagen rast mit Blaulicht los.

Kämpfe, Peter, das Leben ist schön.

Dieser Vorfall hat bei allen die Feierlaune gebrochen und es erleichtert mich, dass Eddy mir vorschlägt, nach Hause zu gehen.

Erschöpft und den Kopf voll mit Gedanken fällt es mir schwer abzuschalten.

Den Buddha aus Steinguss im heimischen Garten nutze ich für ein stilles Gebet.

Ich habe das mit Hildchen noch nicht verdaut.

Jeden Tag auf dem Weg zur Residenz trage ich in mir die Hoffnung, dass sie zurück ist, selbst wenn diese von Tag zu Tag mehr schwindet.

Peter verkrafte ich nicht noch obendrauf. Lasst ihn tüdeln, seine Zeit ist noch nicht gekommen.

Hoffentlich schreitet die Forschung so schnell voran, dass es demnächst eine Heilung dieses komischen ›Malzeimer‹ gibt. Das könnte Peter in die Lage versetzen, uns sein ganzes Leben zu erzählen.

Ein schöner Gedanke.

Müde lege ich mich auf den Rasen und schlafe ein.

Einen ausgiebigen Schlaf gönnt mir das Schicksal nicht, als ich durch eine meiner ›Mamas‹ geweckt werde.

»Was ist los?«, frage ich ängstlich und mit einer dunklen Vorahnung.

»Peter hat es nicht geschafft. Ein zweiter Infarkt noch im Krankenwagen. Es tut mir so leid, Mo«.

Worte, die ich verstehe, aber nicht hören will.

Wie viele klaut mir ›das Böse‹ noch?

Ich zerbreche an der Aufgabe, mich intensiv mit Menschen zu beschäftigen, die ausgelöscht werden, als hätten sie nicht existiert.

Niedergeschlagen stehe ich auf und gehe ins Haus.

Alleinsein möchte ich.

Selbst Eddy kann ich momentan nicht ertragen.

Mich muss ich prüfen, im Hinblick auf die Frage, ob meine Kraft ausreicht für weitere ›Missionen‹.

Lasst mir ein Stück da

Draußen regnet es seit Stunden und ich liege im Wohnzimmer hinter der Fensterscheibe.

Jeden Regentropfen beobachte ich, wie er zerfließt und mit anderen dieses Schicksal teilt, bis sie verschmelzen.

Ich assoziiere mit dem Schauspiel das Dasein und die schrecklichen Erfahrungen in Bezug auf Hildchen und ›Tüdelpeter‹.

Bei Regen leidet meine Psyche, und ich bemerke an trüben Tagen eine unbeherrschbare Schwermut.

Wie gelingt es einem, sein Innerstes zum Leuchten zu bringen, wenn es im Außen nicht richtig hell wird?

Ich denke an Hildchen.

Stimmt es, dass die Seelen weiterleben?

Ein Trost wäre es für mich, doch für sie?

Sie sehnte sich nach Stille, um zu vergessen.

Den Frieden, von dem alle sprechen, den sie sich mehr als alles andere wünschte, hat sie ihn gefunden?

Mich quälen derartige Fragen.

Ist Peters Seele über meinem Kopf unterwegs und behält sie die gleichen kognitiven Einschränkungen?

Sucht Hildchen ewig nach denen, die sie zu Lebzeiten verlor?

Wie finden Menschen vor ihrem Leid Ruhe?

Sind die Seelen geheilt von Trauer und Schmerzen?

Bleiben es dieselben, die, die zu Lebzeiten auf uns trafen?

Ich hoffe, dass es sich um einen Mythos handelt, obwohl mich der Gedanke erschreckt, dass Verstorbene auf ewig ausgelöscht sind.

Mein Wunsch bleibt, dass mir das Leben ermöglicht, eines Tages auf alle zu treffen, noch ehe meine Zeit kommt.

Wie die Regentropfen rinnen meine Tränen in Einklang mit ihnen hinunter.

Ich weine viel.

Es befreit - zumindest für den Moment.

Ist mein Wunsch ›welpig‹, wenn ich äußere, was von jedem behalten zu wollen?

Von Ann-Kathrin ihr Lächeln, das uns demütig machte auf unserer ›Mission‹ im Zeichen von Leonie.

Todgeweiht in einem Hospiz lachte sie, als sei ihr Leben das Schönste und unzerstörbar.

Hildchens warmes Herz - gebt es mir zur Verwahrung. Ich passe nachträglich gut darauf auf und verwende es zur Anschauung für jene, die ihr Herz verdrängen, bis die Kälte bei ihnen einzieht.

Vom ernannten ›Heimdoc‹ bliebe mir dieses sichere Auftreten und dass er für etwas einstand, zu dem man sich berufen fühlen muss.

Ich bewundere Peter für das, was er in seinem Leben praktiziert hat.

Würden ihre Seelen in der Luft liegen, wo fände ich die, nach denen ich gezielt suche?

Trägt die von Ann-Kathrin ihr Lächeln, wodurch ich sie erkenne?

Die von Hildchen besitzt ein Herz und die von Peter einen starken Ehrgeiz zu helfen?

Bliebe es nicht unsichtbar?

Mir wird bewusst, wie wichtig es ist, dass man ein Gespür besitzt.

»Dir geht Peters Tod nah, das spüren wir«.

Unsere ›Mamas‹ knien sich zu mir runter.

»Du musst was essen«.

Als könnte ich jetzt an Genuss denken. Seit Stunden dreht sich mein Magen wie auf einer Achterbahnfahrt.

»Keinen Bissen kriege ich runter. Ich muss mit Hildchen sprechen«, flehe ich meine Frauchen an.

»Du weißt, dass es unmöglich ist, Mo. Sie spürt, dass Du an Sie denkst«.

»Wieso verwirrt Ihr mich zusätzlich? Sie spürt noch was, kann mir aber nicht mehr zuhören? Ihre Seele fliegt umher und sucht ewig weiter nach verlorenem Glück? Ich ertrage diese Gedanken nicht«.

»Fällt es Dir leichter, wenn Du wüsstest, dass die Menschen unterschiedlich trauern?«.

Ich gucke weinend hoch.

Sie erklären mir, dass es für die einen leichter sei, wenn sie von den Gedanken begleitet werden, dass die Seele derer, um die sie trauern, bei ihnen bleibt.

Andere schließen lieber ab und sehen in einem Neuanfang einzig eine Chance weiter-zuleben.

Keiner trauere richtig, niemand falsch, sondern in der Form, wie es für den Einzelnen wichtig sei. Die Religion und ob der Mensch einen besonderen Glauben in sich trägt, spielten eine wesentliche Rolle.

Eddy kommt um die Ecke und erkennt, wie schwer mir zu schaffen der neuerliche Abschied macht.

»Ich habe es von Weitem mitangehört. Mein kleiner ›Sternenfänger‹, Du musst loslassen. Dringend«.

»Wie?«.

»Indem Du den richtigen Weg für Dich findest. Als meine ›Dackel-Ladys‹ starben, kam es mir wie eine Sünde vor, sie vergessen zu wollen, hatte ich gleichwohl an ihrer Seite mein Leben verbracht. Mir hätte es wehgetan zu glauben, dass sie weiter bei mir sind, ich sie aber nicht mehr ärgern und berühren kann. Eine schreckliche Zeit, bis Du in mein Leben gepoltert bist und mich abgelenkt hast von den traurigen und schmerzerfüllten Gedanken«.

»Vermisst Du sie noch?«.

»Es wird Dich erneut verwirren, wenn ich ja sage«.

»Siehst Du, sie sind noch da«.

»Nein, Mo. Hier leben die Erinnerungen an Kimba und Blacky«.

Eddy zeigt auf sein Herz.

»Was Du hier trägst, ist unvergänglich. Meine Liebe zu ihnen endete nicht mit ihrem Tod. Ich habe meine Gefühle bei mir«.

Langsam verstehe ich, was mein Freund mir sagen will.

»Ich muss das Lächeln von Ann-Kathrin, das Herz von Hildchen und das, was Peter auszeichnete, hier reintun?«.

»Und alle weiteren Erinnerungen, die Du an sie hast. Sie sind bei Dir verschlossen und gut aufgehoben. Sobald Du sie brauchst, holst Du sie hervor. Wenn es sich auch kitschig anhört, sind es die Dinge, die hier und hier passieren«.

Tollpatschig stellt er sich an, als er auf sein Herz und seinen Kopf zugleich zeigt.

Schlagartig denke ich an das gemeinsame Spielen mit Ann-Kathrin, die Streicheleinheiten von Hildchen und der Moment, als ›Tüdelpeter‹ meine Ganzkörperbehaarung verurteilte.

Ich muss lächeln, weil alle in mir präsent sind.

»Danke Eddy. Danke, liebe ›Mamas‹. Ein Stück von jedem lebt in mir«.

Wenn in meinem Herzen auch noch viel Platz für weitere Erinnerungen ist, wünsche ich mir, dass ich zukünftig nicht mehr Abschied nehmen muss von Menschen und ›felligen Freunden‹, die ich liebe und an denen ich hänge.

Seelenfänger

*R*uhe zu finden ist nicht leicht, wenn ich mir vorstelle, dass über mir Seelen toben.

Dass ich sie nicht einfangen kann, quält mich.

Viele Male wünschte ich mir in der Vergangenheit fliegen zu können, wenn Spatzen mich ärgern, weil ich ein Bodenhocker bin.

Es gibt diese ›Traumfänger‹ in allen Variationen.

Ist es möglich, Geträumtes einzufangen? Eddy meint, dass sie das Schlechte entziehen.

Wo bekomme ich einen ›Seelenfänger‹?

Steckt diese Begabung in mir?

Leonie schrieb einen Brief an Ihre verstorbene Mutter, was ich befremdend fand.

Mit Abstand ist es die Lösung.

Pfötchen durchstrecken und raus in den Garten. In der Natur kommen mir die besten Gedanken. Einzig zu schreiben gelingt mir bis heute nicht.

»Eddy?«.

Versteckt er sich in voller Absicht?

»Ich habe die Seele von Hildchen«.

Schneller hat mein Freund das Versteckspiel noch zu keinem Zeitpunkt aufgegeben.

»Du hast was?«.

»Ich bin ein Seelenfänger. Ein begnadeter, Du weißt, Bescheidenheit zeige ich an anderer Stelle«.

Sein Spott rächt sich.

»Siehst Du den Block mit Bleistift? Ich diktiere Dir, was zu schreiben ist. Drei Briefe. Hörst Du mir überhaupt zu?«.

»Ja. Die Idee ist süß«.

»Süß? Du irrst. Sie ist der einzige Weg, auf dem sich Seelen wiederfinden«.

Eddy verweigert seine Mithilfe nicht und robbt im Garten vor die Schreibutensilien.

»An wen gehen Deine Briefe?«.

»Der Erste bitte an Hildchen«.

Ich hatte es mir einfacher vorgestellt, Gefühlen, die man für einen nicht mehr vorhandenen Menschen in sich trägt, Ausdruck zu verleihen.

Glaube mir, dass es nicht daran liegt, dass ich schnell ablenkbar bin.

Fixiert und konzentriert spielen Gedanken für diese liebe Frau in mir eine Rolle, nichts weiter.

Wie bringe ich sie zu Papier?

Ich weiß nicht, wie lange wir daliegen. Eddy ist kurz vorm Einschlafen, als mir die wichtigen und richtigen Worte einfallen.

Während sie aus mir sprudeln, kritzelt mein Freund im ›Schnecken-Tempo‹.

Drei Stunden später ist das erste Werk vollbracht und unsere ›Mamas‹, die sich auf der Suche nach uns dazugesellten, lesen laut vor.

Liebes Hildchen!

Ich bin es, Dein Mo.

Mache Dich bitte nicht unerreichbar für mich.

Ich erinnere dieses sensible Streicheln, während Du mir von Deinem Leben erzählt hast. Die Art, wie Du mich berührt hast, sprach eine eindeutige Sprache.

Geschockt von der Nachricht Deines Todes habe ich mich bis heute nicht erholt.

Wie konntest Du so schnell von mir gehen?

Hattest Du mir nicht versprochen, dass ich mehr über Dich erfahre?

Wie nagele ich Dich fest?

Ich kann Dir nicht folgen, zu viele würde ich traurig zurücklassen.

Es führt kein Weg vorbei an Deinem Willen zu mir zurückzufinden.

Mir wurde erzählt, dass Deine Seele nicht für mich verloren ist.

Schnitzeljagd ist nichts für kleine Hunde.

Können wir uns auf das Vorhaben verständigen, dass Du mir hilfst?

Du hattest ein großes Herz.

Warum sehe ich es nirgends am Himmel schlagen?

Müsste es sich mir nicht zeigen?

Deine fliegende Seele kann von nichts anderem ausgefüllt sein.

Eine meiner Vorstellungen ist, dass Du Dich bemerkbar machst.

Ich weiß nicht weiter ohne Dich.

Wie erkennt man eine Seele?

Ist sie hell oder dunkel, groß oder klein, kann sie fliegen oder zappelt sie?

Diese Zeilen schicke ich Dir in einem Luftballon mit der Bitte, nach dem dicken Stift zu greifen und Deine Seele für mich zu markieren.

Schreibe ein ›H‹ in die Mitte für Hildchen, Herz und Hommage.

Beim ersten Erkennen werde ich nach Dir greifen und Dich zu mir zurückholen.

Zumindest diesen Teil von Dir.

Habe keine Angst, ich stecke sie zu meiner.

Sollte ich Dir später folgen müssen, bleiben wir zusammen und müssen nicht erneut einander suchen.

Wenn jemand gewusst hat, wie sich Traurigkeit anfühlt, warst Du es und bist der Mensch, der diese von mir nehmen kann.

Wenn ich Dein ›Seelchen‹ bei mir trage, gönne ich Dir diese Ruhe, von der alle hier unten sprechen, wenn sie über Dich reden.

Vorher kann und will ich Dich nicht loslassen.

Wie konntest Du mir ein Stück meines Herzens klauen und Dich davonschleichen?

Ich warte auf Dich, bis Du mir ein Zeichen gibst.

So lange vermisse ich Dich - mit Augen voller Tränen.

Dein Mo

Eine meiner ›Mamas‹ weint.

Das habe ich nicht gewollt.

Warum mache ich Menschen traurig, weil ich meine eigene Melancholie stillen möchte?

Als ich parallel meine Tränen nicht zurückhalten kann, ist das gegenseitige Trösten wohltuend und zeigt, wie wichtig loslassen wäre.

Niemanden will ich verletzen, aus eigener Unzulänglichkeit.

Die, die mir am wichtigsten sind, leben.

Meine Frauchen schlagen vor, den nächsten Brief zu gestalten.

Liebe Ann-Kathrin!

Die Monate ohne Dich waren leerer und ich habe nicht gewusst, wie ich Kontakt zu Dir aufnehmen kann.

Letztlich habe ich von fliegenden Seelen gehört und suche seitdem Deine, die lächelnd über meinem Kopf ihre Kreise ziehen muss, stimmts?

Eddy und ich waren mit Dir nicht fertig, von einer Kampfansage weit entfernt.

Warum verpassten wir den Moment, Dir zu sagen, wie lieb wir Dich hatten?

In der Kürze der Zeit hast Du was in uns erreicht, das bis heute blieb.

Am meisten fehlst Du Leonie.

Sie ist es, der ich eine Vorbildfunktion in Sachen Trauerbewältigung einräume.

Ich tue mich schwer mit dem Loslassen und dass man mich hinderte, Dich auszubuddeln, hat mich bis heute erstarrt und versteinert.

Es gelingt mir seither nicht mehr, über Dich zu sprechen.

Jetzt erfahre ich von Deiner Seele.

Gibst Du sie mir?

Ich leihe sie Leonie, sollte sie diese in schwachen Momenten dringend benötigen.

Ist mir nicht zum Lachen, nutze ich Deines, was mir - unverwechselbar - im Gedächtnis geblieben ist.

Wir schicken Dir einen Luftballon mit Stift und diesen Brief.

Kein großer Aufwand, den Du betreiben musst.

Schreibe ein großes ›A‹ auf Deine Seele für Ann-Kathrin, Aufatmen und Augenstern und schicke sie in meine Richtung.

Gefangen und gestreichelt findet sie eine sichere Aufbewahrung in meiner.

In Liebe.

Dein Mo.

Ohne Pause gehen wir mit der dritten Aufgabe an den Start.

Lieber Peter,

bist Du da oben vom ›Malzeimer‹ geheilt? Ich wünsche Dir und Deiner Frau, dass Ihr die ›Eimer‹ abschütteln konntet und wie früher glücklich zusammen seid.

Verstehe mich nicht falsch, wenn ich Dir beichte, dass ich Deine Seele nicht will.

Aus Respekt vor Deiner Frau.

Ihre wäre ein zweites Mal ohne Deine verloren und keiner weiß, wie viele Trennungen man übersteht.

Trotz allem habe ich Dir was Wichtiges zu sagen.

Beeindruckt hast Du mich über alle Maße und ich bewundere Dich posthum.

Diese ›Malze‹ konnte Dich nicht brechen, und Du hast weiter gelebt für das, was Dich jahrzehntelang ausgezeichnet hat.

Ich bedauere, dass ich Dir nicht beweisen konnte, dass in mir ein ›bisschen Doktor‹ steckt.

Verzeih mir, wie ich auf Deiner Brust umhersprang.

Von lebensnotwendiger Herzmassage habe ich vielfach gehört.

Gerät man in die Situation, sie anwenden zu müssen, versagen alle positiven Pläne zuvor, dass man es perfekt schafft, Erste Hilfe zu leisten.

Unbeholfen und verzweifelt musste ich mein Scheitern hinnehmen.

Die Nachricht von Deinem Tod hat mich erschüttert und viele Selbstzweifel geschürt, dem ungeachtet konnte ich Dich am besten loslassen.

Im Gegensatz zu Hildchen war Dein Leben hier unten ausgefüllt, im Vergleich zu Ann-Kathrin hast Du ein gesegnetes Alter erreicht.

Übrigens behalte ich meine von Dir kritisierte Ganzkörperbehaarung.

Nach dem heutigen Seelenprojekt erwarte ich das Kostbarste, was mir Menschen schenken können.

Mein Fell tarnt Verstecke.

Heute erreicht Dich ein Luftballon mit diesem Brief, ausnahmsweise ohne Stift.

Ich befürchte, dass Du mich in kleinster Weise verstehst.

Eine Shih-Tzu-Erklärung ist unumgänglich, weil Du das Gummiband nicht entsorgen darfst.

Verbinde Deine Seele mit der Deiner Frau und Ihr werdet Euch nicht noch mal verlieren.

Hochachtungsvoll

Dein Mo

Ich spüre nichts in mir.

Das ist nichts Negatives in Anbetracht, dass ich alle Tage zuvor aus quälender Unruhe bestand.

Diese Briefe taten gut und waren wie Gespräche.

Voller Hoffnung schaue ich meinen ›Mamas‹ beim Aufblasen der Luftballons zu, während Eddy zwei Stifte zurechtlegt und die Zettel faltet.

Er besitzt sie, diese Pfoten-Beherrschung, die mir fehlt.

Sie steigen auf.

Beim Zuschauen, wie sie kleiner werden, merke ich, wie schwer es mir fällt, die Augen offenzuhalten.

Wie lange habe ich geschlafen?

Dunkel ist es, als ich neben mir auf dem Rasen drei kleine ›Dinger‹ sehe.

Von der Beschaffenheit her ähneln sie Kissen.

Gut wegzustecken, es wird mir gelingen.

So sehen Seelen aus?

Das gelbe trägt ein Herz und den Buchstaben ›H‹, das rote ein Lächeln mit ›A‹.

Ein drittes von ›P‹?

Dass was nicht stimmt, wird mir schlagartig bewusst.

Meine Familie tut alles, um mir die Verluste leichter zu machen. Ich würde eine Manipulation nicht merken, wäre ihnen nicht dieser eine Fehler unterlaufen.

Im Bewusstsein, dass mich das Niederschreiben als stilles Gespräch erleichtert hatte, so mein gangbarer Weg der Trauer ausschauen könnte, hüte ich das Geheimnis, das ich aufgedeckt habe.

Glücklich greife ich nach den Kissen, bringe sie in mein Schlafkörbchen und lege mich darauf.

Langsam begreife ich, dass das, was zählt, in einem drin stattfindet.

Als ich luschere sehe ich, wie meine ›Mamas‹ und Eddy vor mir hocken.

Ich simuliere einen Traum, in dem ich spreche.

Danke Hildchen und Ann-Kathrin, dass Ihr mir das Wichtigste von Euch anvertraut habt.

Du Peter auch, obwohl ich es Deiner Frau nicht wegnehmen wollte.

Ihr bleibt zeitlebens ein Teil von mir.

Kein Moment wird kommen, an dem Ihr bereut, mich kennengelernt zu haben.

Neubeginn

Die Luft ist raus.

Dies betrifft nicht die Energien der Heimbewohnerinnen und -bewohner.

Wir sind es, die bemerken, dass unsere ›Mission‹ sich dem Ende neigt.

Das Heim aufzumöbeln war die Intention und ein Mehr an Veränderungen ist unmöglich.

»Wird heute die neue Heimleitung vorgestellt?«, erinnere ich mich dunkel an ein Einladungsschreiben, jedoch nicht das genaue Datum.

»Um zehn Uhr im Veranstaltungssaal. Ich bin gespannt«.

Eddy überlegt, wer für den Posten vorgesehen ist.

Der Wunsch von vielen geht in die Richtung, dass die kommissarische Leitung bleibt. Wie sie sich engagiert in den letzten Wochen eingebracht hat, blieb dem Vorstand nicht verborgen, hingegen fehlt es ihr an der Qualifikation für eine derartige Position.

Wir haben das Bewerbungsverfahren aufmerksam verfolgt und die zahlreichen Anwärter registriert.

Kuddels Vorschlag, eine Unterschriftenaktion zu starten, um Svenja, die ehemalige Nachtwache, bei ihrem Karriereaufstieg zu unterstützen, griffen alle freudig auf und niemand fehlte auf der Liste, die Eddy und ich dem Vorstand vorlegten.

Am Vormittag findet sich eine riesige Gruppe ein, um live zugegen zu sein, wenn der ehemaligen ›Heimhexe‹ in Abwesenheit - sie genießt weiter ihre Zelle zum Nachdenken - ihr Arbeitsplatz aberkannt wird.

Unsere ›Mamas‹ halten uns fest im Arm und gesellen sich nach hinten zu Walter, Werner und Wally, während die Vorstandsmitglieder vorn an den Mikrofonen Platz nehmen.

»Meine Damen und Herren. Schön, dass Sie erschienen sind und Ihrem Interesse Ausdruck verleihen, von wem in Zukunft diese Einrichtung geleitet wird. Unsere Anerkennung gilt Frau Schwarz, die ins kalte Wasser springen musste. Ihr gelang bravourös ein Wechsel von dem Einsatz als Nachtwache hin zur Heimleitung«.

Alle schauen zu Svenja, die gerührt ist von dem Beifall der Anwesenden.

Freudig blickt sie zu Eddy und mir und zwinkert uns zu.

Die Männer vom Vorstand sind auf uns aufmerksam geworden.

»Euch gilt die größte Wertschätzung. Viel haben wir gehört von ›Eddy und Mo‹. Unvorstellbar, dass es zwei Hunden gelungen ist, die Missstände in unserem Haus aufzudecken. Zu unserer Einrichtung zählen viele Heimeinrichtungen. Wenn Ihr dort für frischen Wind sorgen wollt, würden wir uns freuen«.

Entsetzt gucke ich Eddy an und flüstere, dass ich mir das unter keinen Umständen vorstellen könne.

Als er mir leise beipflichtet, atme ich auf.

›Missionen am Fließband‹ wären weit entfernt von unseren Werten.

Der neue Vorstandsvorsitzende erhebt sich, was demonstriert, dass alle erfahren, wie es weitergeht.

»Sie wollen wissen, auf wen unsere Wahl gefallen ist? Ich wende mich an in erster Linie an das - ohne Frage - menschlichste Personal. Leicht ist uns die Entscheidung nicht gefallen, bei zahlreichen qualifizierten Bewerbern. Frau Schwarz? Uns freut Ihr Interesse. Aus den Augen verlieren dürfen wir indes nicht, dass die Voraussetzungen für das geforderte Profil nicht ausreichen«.

Wie bitte?

Wütend kratze ich am Arm meiner ›Mama‹, die bemerkt, dass ich abgesetzt werden will.

Ich laufe nach vorn, funkele den großen Mann vor mir - von allen Ängsten befreit - an und schreie los.

»Jahrelang haben Sie eine ›Flachpfeife‹ beschäftigt, die Ihr Heim nicht interessierte. Ihre Reaktion? Sie haben weggeschaut. Kam je von Ihnen und Ihren Trägern der Schlips-Garderobe ein Veto? Viel schlimmer noch. Niemand hat bemerkt, wie sie in die eigene

Tasche wirtschaftete. Im Grunde haben alle Mitarbeitende hier die Führung übernommen, vorneweg Frau Schwarz. Und jetzt sprechen Sie ihr die Kompetenz ab, offiziell dieses Haus zu leiten? Sind Sie blind für gute Unternehmensführung?«.

Still ist es im Saal, bis der Hüne sich hinunterbeugt.

»Ich war noch nicht fertig, Mo. Hättest Du zwei Minuten länger gewartet, wüsstest Du, dass wir Eurer Favoritin ein Angebot unterbreiten. Hör gut zu. Darf ich neu beginnen? Frau Schwarz, sie behalten vorerst die kommissarische Leitung, während wir Ihnen ermöglichen in Abendkursen die nötige Qualifikation zu erwerben. Glücklich wären alle, wenn wir Sie für eine neue Herausforderung gewinnen«.

Svenja schlägt vor Erstaunen die Hände vors Gesicht und stammelt aufgeregt ein ›Danke‹ für das in sie gesetzte Vertrauen.

Der Beifall unterstreicht, dass der Vorstand die richtige Entscheidung getroffen hat.

Eddy sitzt zügig seitlich von mir.

»Dass Du nicht warten kannst«, murmelt er.

»Wäre es von Nachteil gewesen. Der Große hätte anders entschieden. Ich habe rechtzeitig für eine Korrektur gesorgt und ihm die Augen geöffnet«.

Ich glaube nicht, was ich sage, doch ist es heilsam, als ›Gut-Hund‹ dazustehen. Alles andere hatte ich schon.

Veränderungen

Wally springt durch den Garten der Residenz und feiert sich.

In seinen Augen war er Teil einer ›Hundegang‹, die unter besonderen Schutzmaßnahmen das Böse besiegte.

»Eddy? Mo? Unser Team ›WEM‹ hat es geschafft«.

Ich versuche mich zu erinnern, wann Wally überhaupt zu sehen war.

Wichtig ist, dass er glücklich ist und wir finden, das Eigenlob kann stehen bleiben.

»Wenn ich mich richtig erinnere, ist heute der Entlassungstag von Walter nach Hause, liege ich richtig?«, wechselt Eddy das Thema.

»Kurzzeitpflege beendet. Wir gehen nicht ohne ihn«, wedelt Wally mit seiner Rute.

Mein Kumpel schaut mich fragend an, als unvermittelt Walter mit Werner um die Ecke kommt.

Viel Gepäck tragen sie bei sich.

»Werner? Wo willst Du hin? Du wohnst hier«. Ich verstehe nichts mehr.

»Ich habe hier gewohnt. Weißt Du, Mo, es hat sich viel verändert. Ihr habt uns sensibilisiert für das Aufwachen. Nicht alles ist richtig, was abläuft. Hinterfragen ist wichtig, sich und das, was einem widerfährt. Als mein Freund hier«, er klatscht Walter auf die Schulter, »Hilfe benötigte, war niemand da. Umgekehrt war ich auf mich gestellt bei meinem Sturz mit anschließender Hospitalisierung. Wir verstehen uns gut und haben beschlossen, das letzte Stück unseres Weges gemeinsam zu gehen. Braucht einer von uns Hilfe, ist der andere da, und Wally benötigt keine Alternativ-Unterbringung. Die Gründung unserer Alten-WG geht heute an den Start. Wir wollten Kuddel für unser Projekt gewinnen, bedauerlicherweise hat er andere Pläne«.

Mich begeistert, was wir hören. Mehr Menschen sollten sich im Alter für eine derartige Wohnform entscheiden.

»Kuddel will zurück aufs Meer«, mutmaße ich, was mich freuen würde, da ich ihn mit meiner Familie gern begleiten will.

»Wo denkst Du hin?«, lacht Walter. »Er ist krank, Mo, und findet hier an Land eine adäquate Behandlung. Schau Dich um, da kommt er. Frag ihn nach seiner weiteren Lebensplanung. Wir müssen los. Ihr seid zu jeder Zeit herzlich willkommen in unserem ›Senil Senior‹, der Name der WG«.

Wir gucken hinter ihnen her, als sie mit Wally zum wartenden Taxifahrer rübergehen.

Meine Erinnerung kommt zurück.

Was ist mit Kuddel?

»Hey«, rufe ich ihm nach, als er umdreht, als hätte er uns nicht gesehen. »Du bist uns eine Antwort schuldig«.

So lachen ehemalige Seefahrer.

»Was habt Ihr gefragt?«.

»Noch nichts. Nutzen wir es, dass Du hier bist. Was hält Dich ab, mit den ›Walen‹ und Werner eine WG zu gründen?«. Neugierig gucke ich zu ihm auf und er lenkt ab, als er uns auf Amor aufmerksam macht.

»Schaut. Das geht auf das Konto zweier Hunde. Erinnert Ihr Euch, wie Dieter für Fiona schwärmte? Seine Schüchternheit hielt ihn auf Distanz. Ich weiß es aus Erzählungen. Er soll sie über ein Jahr beobachtet und angehimmelt haben. Durch Eure abendlichen Aktivitäten mit uns allen sind sich die zwei nähergekommen«.

Es berührt mich, als wir hinten am Pavillon den zwei Verliebten, die sich zaghaft wirkend an den Händen halten, zusehen, wie sie sich angeregt unterhalten und sie ihren Kopf an seine Brust schmiegt.

»Eddy? Alles hatte einen Sinn«.

»Ich fühle es, Mo«.

Mein Seelenverwandter wirkt äußerst sentimental und fragt Kuddel, was die anderen machen.

»Allen geht es gut, wenn sie sich auch wünschten, dass Ihr weiter macht hier an den Abenden. Was für Pläne verfolgt Ihr nach dieser gelungenen ›Mission‹?«.

»Keine Seniorenbetreuung. Begleitung eines Seemannes bei seiner Bestimmung«, versuche ich ihn umzulenken.

Kuddel seufzt und gibt zu bedenken, dass es nichts sei für Hunde.

»Ihr habt viele Talente, setzt sie an Land ein, hier werdet Ihr an jeder Ecke gebraucht«.

Traurig und entmutigt wende ich mich ab.

»Huhu Mo«, reißt mich jemand aus meinen Gedanken.

Tobi und seine Schwester kommen näher.

›Omama‹ zieht heute obendrein um. Ein Quäntchen zu viel Input.

Schön, dass wir uns verabschieden können. Neben unseren ›W-Trägern‹ haben sie und Kuddel uns am meisten bedeutet, wenn ich auch um Hildchen und Peter trauere.

Tobi verspricht, später mit seiner Mama zu uns zu kommen. Zuerst müssten sie viele Dinge zusammenpacken und das Bürokratische, was in Deutschland gefordert wird, erledigen.

»Komm, Eddy, eine Aufgabe muss noch erledigt werden«.

»Alles ist abgearbeitet«.

»Hinten machen ein paar Pflegerinnen und Pfleger Mittagspause. Ich wollte von ihnen hören, wie sie diesen Job ertragen«.

Es wird eine nette Runde und was ich höre, bewegt mich.

Die meisten fühlen sich berufen, ältere Menschen zu pflegen.

Respekt sei das Wichtigste.

Jeder von den Bewohnern habe selbstständig sein Leben bewältigt, bis das nicht mehr möglich gewesen sei.

Unabhängig von dem, was sie vorher getan und besessen hätten, seien hier alle wie kleine Kinder.

Man ersetze die Familienangehörigen, die bei manchen vergessen würden, dass es den Vater, die Mutter, den Onkel und weitere gegeben habe.

Mir kommen die Tränen.

»Mir fehlt Hildchen. Ihr habt sie jeden Tag gepflegt und dann schließt sie für ewige Zeiten die Augen. Das muss Euch das Herz zerrissen haben, wie mir«.

»Man lernt, mit dem Abschiednehmen umzugehen«, tröstet mich ein Pflegehelfer. »Am Anfang schmerzt es verdammt«.

»Bist Du jetzt abgestumpft?«.

»Herrje nein. Ich habe umgedacht. Mich der Trauer hinzugeben hieße nicht mehr hundert Prozent für die anderen Bewohner zu geben, die am Leben sind und meine Unterstützung benötigen«.

»Vermisst Du Hildchen?«.

»Nicht nur sie. Zu wissen, vorher gut zu ihr gewesen zu sein und ihr bei vielem geholfen zu haben, tröstet mich über den Verlust hinweg. Ich bin gerne Pfleger und hoffe ein guter. Man muss diesen Beruf mit Herz ausüben. Zu jedem Zeitpunkt ist mir bewusst, dass die Menschen hier auf Zeit wohnen. Ein Danach gibt es einzig in eine Richtung«.

»Das kennen wir vom Hospiz«, erinnert Eddy unseren Besuch bei Leonies Mama.

»Noch schwerer. Hospizarbeit wäre nichts für mich«.

»Ist nichts anderes als hier«.

»Oh doch Eddy. Hier sind die Menschen in einem Alter, in dem sie ihr Leben gelebt haben. In so einer Sterbeeinrichtung sieht man jede Altersklasse. Machtlos ist man gegen diese unheilbaren Krankheiten. Erbarmungslose Schicksale«.

Wir erfahren von den anderen Mitarbeitern noch weitere Kernkriterien für ihre Berufswahl.

Schönes Fazit, dass jeder Einzelne einer Leidenschaft nachgeht, wenn er hier arbeitet und dass es ihn erfüllt.

Die Pause ist beendet und wir suchen nach Kuddel.

Wir warten auf eine Erklärung für sein ›Nein‹ zur Alten-WG.

Er steht am Eingang mit unseren ›Mamas‹ und der Sekretärin der Heimleitung, die sich überschwänglich bedankt, als wir sie erreicht haben.

»Ich habe Euren Frauchen aus meiner Perspektive geschildert, wie Ihr für Gerechtigkeit gekämpft habt. Mich hat beeindruckt, dass meine ehemalige Chefin Euch keine Angst einjagen konnte. Ich werde sie vermissen, nicht diese Frau, sondern diese acht Pfötchen«.

Wir freuen uns über jedes Lob und sie hat verdient, jetzt unter neuer Leitung beruflich zur Ruhe zu kommen.

Unsere ›Mamas‹ bitten uns zu gehen.

Mitnichten.

Der Abgang wäre verfrüht und unbefriedigend.

»Wir müssen ›Omama‹ noch verabschieden«, meint Eddy und ich denke über die Frau nach, vor der ich eine Riesenhochachtung habe.

Haben wir nicht vor Kurzem ihren 92. Geburtstag gefeiert?

War sie es nicht, die bei jeder Aktivität vorne mitgemischt hat?

Ich verneige mich vor Marianne und warte sehnsüchtig auf sie, um ihr von Herzen Glück zu wünschen, im Kreis ihrer Kinder gesund und glücklich den Rest ihres Lebens zu verbringen.

Kuddel entgehen unsere Seitenblicke nicht, woraufhin er anbietet, ein Stück mit uns zu gehen, um die Zeit bis zu ›Omamas‹ Auszug zu überbrücken.

Was wir erfahren, geht tief.

Er habe sich in den letzten Wochen dermaßen an ›Omama‹ gewöhnt, dass er sie schlecht loslassen könne. Angst habe ihm der Gedanke, ohne sie zu sein, bereitet.

»Eine Alten-WG mit ihr?«, grinse ich.

»Nicht richtig. Amor hat hier seine Finger im Spiel«.

»Du bist dreißig Jahre jünger, Kuddel«, reagiert Eddy entsetzt.

Unser Seefahrer im Ruhestand erzählt von seinen Gefühlen für die älteste Tochter von Marianne.

Er, der beziehungsunfähige Freiheits-liebende, habe sich wie bei einer Neugeburt nach einem Zuhause gesehnt. Starke Frauen hätten ihm früher Angst gemacht, anders in diesem Fall.

»War ich im falschen Hafen?«.

›Omama‹ kommt in Begleitung von Tobi und der Angebeteten von Kuddel aus dem Heim.

So sieht eine glückliche Familie aus.

Mit Humor versuche ich unsere ›Mission‹ zu Ende zu bringen, indem ich meine Pfötchen wie eine Pistole aufstelle und auf Kuddel ziele.

»Hau bloß ab. Es ist und bleibt Hildchens Zimmer«.

Gewagt

Als das Lachen hinter uns verstummt, beschleicht mich ein mulmiges Gefühl.

Jedes ›Missionen-Ende‹ bedeutet ein tiefes schwarzes Loch, eine Leere, die schwer mit Neuem zu füllen geht.

Solange ich vom Leben und von Aufgaben gefordert werde, denke ich nicht ausgesprochen viel über das nach, was gewesen ist und was noch kommen könnte.

Muss ich befürchten, dass die Geschichten um ›Eddy und Mo‹ genauso sterben wie einzelne Menschen, die meine Pfötchen lieber festgehalten hätten?

Eddy vermittelt mir ab und zu, sich in sein altes Leben zurückziehen zu wollen. Zu leben wie jeder andere Hund bedeutet eine unstillbare Sehnsucht für ihn, solange mich nichts zum Aufgeben bewegt.

Ich muss mich prüfen, ob ich mir vorstellen kann, ohne diese ›Missionen‹, die wir anfangs als Spinnereien abgetan haben, glücklich zu sein.

Es bedeutet viel mehr, als einen Auftrag zu erfüllen.

Dieses Auseinandersetzen mit verschiedenen Wegen ist es, was mir wichtiger ist als das Schnuppern in Wäldern.

»Eddy? Sind wir am Ende?«

Mein Freund schaut mich an.

»Falls Du darüber nachdenkst, hierher zurückzukehren, muss ich Dich enttäuschen. Die Residenz lebt und Svenja ist eine toughe junge Frau mit riesigem Weitblick. Würden wir dauerhaft die Abende gestalten, hieße es, unser Leben komplett aufzugeben. Ohne mich. Denk darüber nach, dass Du viele Heimbewohnerinnen und -bewohner – wie Dein Hildchen und Peter – in Dein Herz schließt, bis Du sie gehen lassen musst. Willst Du das dauerhaft erleben?«.

»Das meinte ich nicht. Gibt es für ›Eddy und Mo‹ weitere Aufgaben?«.

»Das ist der Grund. Du schiebst Langeweile, obwohl nicht ein Tag ohne Pflichten vergangen ist?«.

Er lacht.

»Sind Dir unsere - wie nennst Du sie? - Pflichten zuwider?«

»Das ist es nicht. Selbstfürsorge zu vernachlässigen, davor habe ich Angst. Zusätzlich fühle ich mich für Deine kleine Seele verantwortlich und registriere sorgfältig, wie Dich Erlebnisse und Schicksale erschüttern. Ist es das wert?«.

»Wir konzentrieren uns ab sofort auf Kinderbücher«.

»Das war der Plan. Reicht Dir das? Ich traue Dir nicht. Kaum triffst Du auf einen vom Leben ausgelaugten Menschen, kommt dieses Helfersyndrom. Überall gäbe es was zu tun und Du findest auf der ganzen Welt Schicksale wie die von Leonie, Lennart, Kimberly und weitere«.

»Findest Du es nicht übertrieben? Es existieren genügend, die keins mit sich herumtragen«.

»Sagt wer? Mensch, Mo. Ein Leben besteht aus Höhen und Tiefen. Ein jeder wird konfrontiert mit Abschieden, Problemen, Enttäuschungen und vielen weiteren Stolperfallen. Der eine kommt auf die Beine, während ein anderer scheitert, fällt und verzweifelt«.

Ich denke an unsere Weihnachtsreise, auf der wir viele junge Menschen ein Stück ihres Weges begleitet haben.

Schätzungsweise fühle ich mich zum Seelsorger berufen und finde Erfüllung im Helfen, wie die Pfleger, die von ihrem Job erzählten, als gäbe es nichts anderes in ihrem Leben.

Es spricht nichts gegen Bücher für Kinder und Jugendliche, pflichte ich Eddy bei, leugne dennoch nicht, schnell abgelenkt zu sein, sobald ich Probleme erkenne, von denen ich glaube, sie lösen zu müssen.

Menschen gucken zu schnell weg.

Ich muss meinen ›Buddy‹ aus der Reserve locken.

»Ab heute sehe ich bei jedem Gebeutelten das Verschulden für seine Misere bei ihm«.

»Wirst Du jetzt unfair?«.

»Na ja, nimmt jemand Drogen, richtet er sich ohne Zutun anderer zugrunde. Die Meinung seines Umfeldes? Eigene Schuld. Ist Suizid der letzte Ausweg, können zwei Hunde nicht mehr viel tun. Blick auf die Geschichte von Kuddel. Ich bekundete mein Interesse an der Art, wie er auf See lebte, und er macht einen Rückzieher, statt mit uns los zu schippern«.

»Mo?«.

Eddy klatscht in die Pfoten - knapp an meinen Augen vorbei.

»Was verdammt ist mit Dir? Gehen Dir Ideen aus? Ausgepowert und ausgelaugt, Dein kleines gütiges Herz?«.

Zurückhalten kann ich mich jetzt nicht mehr.

»Du Eddy? Hast Du von dieser Internet-Geschichte gehört? Das Mädchen, das auf eine Kontaktanzeige reagiert hat und seit Wochen wie vom Erdboden verschwunden ist?«.

»Nicht ablenken«.

»Tu ich nicht. In regelmäßigen Abständen hören wir von verschwundenen Teenagern wie diese junge Rebecca, Du erinnerst Dich? Ein

Angehöriger war kurzfristig verdächtig. Bis heute ist der Fall ungeklärt«.

»Und landet bei ›Aktenzeichen‹. Niemand benötigt acht Pfoten«.

»Wir decken auf, wenn die Ermittlungen ins Stocken geraten und ehe wichtige Details übersehen werden«.

»Es gibt Mantrailer und verdammt qualifizierte Kommissare«.

»Man was?«

»Personenspürhunde«.

»Wirf nicht mit Fremdwörtern um Dich und spreche sofort in der Form, dass es alle verstehen«.

Zumindest habe ich eine Diskussion in Gang gesetzt.

»Zurück zur Kontaktanzeige. Wir suchen nach dem Mädchen, pfuschen niemandem ins Handwerk und bieten zusätzlich unsere Unterstützung an«.

»Worauf habe ich mich eingelassen, als ich Dir den Platz an meiner Seite einräumte?«, lächelt mein Freund.

»Langweilig wird es nicht. Abseits dessen haben wir uns einen familiären Kurzurlaub verdient. Gönnst Du uns eine Pause? Anschließend erlaube ich Dir, die Krallen auszustrecken und zu ermitteln, falls der Fall bis zu diesem Zeitpunkt nicht geklärt sein sollte. Was ist mit Kuddel? Ich wollte es Dir nicht so schnell verraten, weil ich befürchtet habe, dass Du mir nicht einen Tag Verschnaufpause gönnst. Er hat Tagebuch geschrieben an Bord. Seine Geschichte aufzuarbeiten, so nannte er es, sei das Wichtigste, um in seinem neuen Leben anzukommen. Jetzt steht Kriminalfall gegen Seenot. Egal, wofür Du Dich entscheidest, ich trage es mit und Dich über die Steine, vor denen ich mich bei flüchtiger Inaugenscheinnahme fürchte«.

Sich geliebt und verstanden zu fühlen, bleibt das schönste aller Gefühle.

Der Reifen eines Rades wird gehalten von
den Speichen,
aber das Leere zwischen ihnen ist das
Sinnvolle beim Gebrauch.
Aus nassem Ton formt man Gefäße, aber das
Leere in ihnen ermöglicht das Füllen der
Krüge.
Aus Holz zimmert man Türen und Fenster,
aber das Leere in ihnen macht das Haus
bewohnbar.
So ist das Sichtbare zwar von Nutzen, doch
das Wesentliche bleibt unsichtbar.[1]

---

[1] https://www.infranken.de/ratgeber/verbraucher/stuetzend-
und-beruehrend-die-schoensten-10-kondolenzsprueche-und-
gedichte-fuer-den-trauerfall-art-5015024

Danke

Ich wähle diesen Weg des Danke-Sagens an die Bildautoren, die ihre Werke auf Pixabay zur Verfügung stellen, die ich fantastisch finde und mir als Foto-Laien helfen, dem Buch einen besonderen Schliff zu geben.
Eine tolle Arbeit, die Ihr macht.
Ein herzliches Wuff-Wuff von Eddy und Mo.

Bild von Dung Tran
https://pixabay.com/de/illustrations/blume-zweig-corolla-kranz-leasing-4865380/

Cover: Gerd Altmann
https://pixabay.com/de/photos/religion-glaube-kreuz-licht-hand-3717899/

Cover: Sasin Tipchai

https://pixabay.com/de/photos/regenschirm-buddhismus-m%c3%b6nch-1807513/

Cover: eberhard grossgasteiger

https://pixabay.com/de/photos/frauen-frau-senioren-seniorinnen-2294648/

Cover: Seite 42 / moritz320

https://pixabay.com/de/photos/rollator-gehhilfe-senioren-alter-1983771/

Seite 16 / Gerd Altmann

https://pixabay.com/de/illustrations/baum-kahl-uhr-zeit-pflege-demenz-97986/

Seite 16 / Mylene2401

https://pixabay.com/de/photos/franz%c3%b6sische-bulldogge-hund-haustier-4352827/

Seite 23 / Peter H

https://pixabay.com/de/photos/stuhl-sitz-behandlung-verh%c3%b6r-3624563/

Seite 23 / ELG21

https://pixabay.com/de/photos/halloween-hexe-symbol-hexensymbol-5627096/

Seite 25 / John Hain

https://pixabay.com/de/illustrations/wir-me-uns-eins-individuell-2078025/

Seite 30 / Mylene2401

https://pixabay.com/de/photos/hund-franz%c3%b6sische-bulldogge-strand-5598132/

Seite 37 / Gerd Altmann

https://pixabay.com/de/photos/hand-alt-frau-falten-klingel-77273/

Seite 37 / Alexas_Fotos

https://pixabay.com/de/photos/mach-den-tag-gro%c3%9fartig-briefkasten-4166221/

Seite 42 / Sasin Tipchai

https://pixabay.com/de/photos/regenschirm-buddhismus-m%c3%b6nch-1807513/

Seite 42 / moritz320

https://pixabay.com/de/photos/rollator-gehhilfe-senioren-alter-1983771/

Seite 45 / Karin Henseler

https://pixabay.com/de/photos/buddha-meditation-ruhe-buddhismus-1048634/

Seite 54 / Layers

https://pixabay.com/de/illustrations/aquarell-malen-kunst-wirkung-bunt-4799196/

Seite 63 / eberhard grossgasteiger

https://pixabay.com/de/photos/frauen-frau-senioren-seniorinnen-2294648/

Seite 73 / Couleur

https://pixabay.com/de/photos/bollerwagen-handwagen-holzwagen-3377061/

Seite 73 / Bernd Müller

https://pixabay.com/de/photos/menschen-%c3%a4ltere-menschen-altenpflege-189282/

Seite 78 / cocoparisienne

https://pixabay.com/de/photos/wohnwagen-camping-campingplatz-3132180/

Seite 78 / Pexels

https://pixabay.com/de/photos/mann-portr%c3%a4t-alt-alten-1283235/

Seite 78 / Tumisu

https://pixabay.com/de/photos/mann-reich-schatz-geld-gesch%c3%a4ft-4886221/

Seite 78 / Csaba Nagy

https://pixabay.com/de/photos/fragezeichen-frage-symbol-zeichen-463497/

Seite 84 / Gerd Altmann
https://pixabay.com/de/photos/streit-mann-frau-silhouetten-feuer-4033305/

Seite 92 / Gerd Altmann
https://pixabay.com/de/illustrations/b%c3%bcro-akten-aktenordner-ablage-2761159/

Seite 92 / Mingyuk Cheng
https://pixabay.com/de/photos/krankenschwester-frau-portr%c3%a4t-786098/

Seite 100 / Gerd Altmann
https://pixabay.com/de/photos/mann-alt-blick-fragezeichen-2546107/

Seite 100 / Sozavisimost
https://pixabay.com/de/photos/arzt-geduldig-beratung-diskussion-5710152/?download

Seite 103 / Joey Velasquez
https://pixabay.com/de/photos/liebe-gold-rose-friedhof-grab-tot-4814488/

Seite 103 / James Chan
https://pixabay.com/de/photos/h%c3%a4nde-mitgef%c3%bchl-hilfe-alt-pflege-699486/

Seite 103 / Gerd Altmann
https://pixabay.com/de/photos/frau-gesicht-l%c3%a4cheln-alt-greisin-76527/

Seite 107 / Thomas B.
https://pixabay.com/de/photos/friedhof-kreuz-grab-grabstein-1512486/

Seite 115 / Gennaro Leonardi
https://pixabay.com/de/photos/umfassen-umarmung-solidarit%c3%a4t-4788167/

Seite 115 / Gerd Altmann
https://pixabay.com/de/photos/religion-glaube-kreuz-licht-hand-3717899/

Seite 115 / David Schwarzenberg

https://pixabay.com/de/photos/vogel-natur-tierwelt-feder-taube-3098446/

Seite 120 / Yuri_B

https://pixabay.com/de/photos/seemann-schiff-schiffbruch-meer-4431281/

Seite 134 / pasja1000

https://pixabay.com/de/photos/senior-segel-see-segelboot-4466290/

Seite 134 / PIRO4D

https://pixabay.com/de/photos/galerie-eingang-foyer-lobby-messe-3127412/

Seite 134 / Ylanite Koppens

https://pixabay.com/de/photos/liebe-valentinstag-romantisch-herz-3091214/

Seite 138 / S. Hermann & F. Richter

https://pixabay.com/de/photos/aussichtspunkt-bank-holzbank-berge-3707997/

Seite 142 / Noupload

https://pixabay.com/de/illustrations/wikinger-nordmann-tattoo-schiff-1763263/

Seite 142 / Gerd Altmann

https://pixabay.com/de/illustrations/gro%c3%9fstadt-silhouette-city-stadt-593910/

Seite 145 / aalmeidah

https://pixabay.com/de/illustrations/landschaft-natur-himmel-wolken-4258253/

Seite 148 / OpenClipart-Vectors

https://pixabay.com/de/vectors/explosion-detonation-sprengen-147909/

Seite 153 / Myriams-Fotos

https://pixabay.com/de/illustrations/halloween-hexenhaus-hexe-besenstiel-2893710/

Seite 153 / Peggy und Marco Lachmann-Anke

https://pixabay.com/de/illustrations/geld-euro-gewinn-w%c3%a4hrung-1015277/

Seite 153 / Almas Alisolla

https://pixabay.com/de/illustrations/gewinnen-tasse-gewonnen-vergeben-5952444/

Seite 162 / jplenio

https://pixabay.com/de/photos/b%c3%a4ume-wildnis-natur-wald-3822149/

Seite 162 / Manfred Antranias Zimmer

https://pixabay.com/de/photos/mann-rollstuhl-enten-see-wasser-5579711/

Seite 162 / Gerd Altmann

https://pixabay.com/de/photos/freude-jubel-jugend-aktiv-sprung-2757778/

Seite 162 / Nathan Wright

https://pixabay.com/de/photos/alt-rentner-isoliert-mann-frau-2742052/

Seite 162 / Manuel Alvarez

https://pixabay.com/de/photos/senioren-gl%c3%bccklich-senioren-erm%c3%bcdung-4008796/

Seite 171 / 15299

https://pixabay.com/de/photos/darts-dartscheibe-spiel-sport-ziel-102919/

Seite 171 / Pavlofox

https://pixabay.com/de/photos/faust-schlag-energie-kampf-gewalt-1561157/

Seite 177 / StockSnap

https://pixabay.com/de/photos/konzert-s%c3%a4nger-singen-b%c3%bchne-2561749/

Seite 177 / yogesh more

https://pixabay.com/de/photos/tafel-geschichte-bloggen-glauben-620316/

Seite 184 / Thomas Wolter

https://pixabay.com/de/photos/hundehaufen-hundeschei%c3%9fe-schei%c3%9fe-4468660/

Seite 184 / Mylene2401

https://pixabay.com/de/photos/franz%c3%b6sische-bulldogge-hund-haustier-4352827/

Seite 188 / Peggy und Marco Lachmann-Anke

https://pixabay.com/de/illustrations/m%c3%a4nnchen-3d-model-freigestellt-3d-2386409/

Seite 196 / jwvein

https://pixabay.com/de/photos/baum-fluss-landschaft-natur-wolken-3781999/

Seite 200 / 愚木混株 Cdd20

https://pixabay.com/de/illustrations/spiegel-knien-surreal-narzissmus-5831297/

Seite 200 / Nika Akin

https://pixabay.com/de/illustrations/frenchie-franz%c3%b6sische-bulldogge-4707700/

Seite 200 / Tumisu

https://pixabay.com/de/illustrations/gesch%c3%a4ft-mann-anzug-anonym-st%c3%a4rke-1902770/

Seite 200 / OpenClipart-Vectors

https://pixabay.com/de/vectors/hintergrund-beenden-herz-liebe-1298015/

Seite 200 / AxxLC

https://pixabay.com/de/photos/gewinner-medaille-gold-auszeichnung-1548239/

Seite 205 / Peggy und Marco Lachmann-Anke

https://pixabay.com/de/illustrations/mikado-domino-steine-zahlen-1013878/

Seite 205 / Willi Heidelbach

https://pixabay.com/de/photos/mikado-spiel-holzst%c3%a4bchen-st%c3%a4bchen-742769/

Seite 209 / un-perfekt

https://pixabay.com/de/photos/hand-menschen-welt-erdkugel-planet-3630164/

Seite 209 / Pexels

https://pixabay.com/de/photos/h%c3%a4nde-makro-pflanze-boden-wachsen-1838658/

Seite 212 / epollato0

https://pixabay.com/de/photos/maske-per%c3%bccke-theater-kost%c3%bcm-652269/

Seite 212/ Thangphan

https://pixabay.com/de/photos/vietnam-menschen-person-frau-4084327/

Seite 224 / Estefano Burmistrov

https://pixabay.com/de/illustrations/lippen-kunst-malerei-gestaltung-3164202/

Seite 224 / Annette Jones

https://pixabay.com/de/photos/frieden-graffiti-streetart-kunst-529380/

Seite 224 / Pexels

https://pixabay.com/de/photos/abstrakt-kunst-linien-wandkunst-1867838/

Seite 224 / kalhh

https://pixabay.com/de/photos/smilie-brille-cool-b%c3%bchne-smiley-2504417/

Seite 224 / Christos Giakkas

https://pixabay.com/de/photos/socke-socken-farben-bunt-farbe-4330279/

Seite 229 / BodyWorn by Utility

https://pixabay.com/de/photos/am-k%c3%b6rper-getragen-k%c3%b6rperkamera-794111/

Seite 229 / succo

https://pixabay.com/de/photos/statur-pc-zugriff-gesperrt-daten-935639/

Seite 233 / Myriams-Fotos

https://pixabay.com/de/photos/abschied-nehmen-alter-mann-mann-weg-2890801/

Seite 233 / pasja1000

https://pixabay.com/de/photos/traurigkeit-angel-speicher-feiern-3729036/

Seite 238 / Adina Voicu

https://pixabay.com/de/photos/alt-mann-zeit-uhr-die-angst-1507781/

Seite 240 / Mylene2401

https://pixabay.com/de/photos/hand-frau-pfote-hund-finger-4316948/

Seite 242 / soumen82hazra

https://pixabay.com/de/photos/heimat-lockdown-corona-virus-5094603/

Seite 245 / Brett Hondow

https://pixabay.com/de/photos/regentropfen-oberfl%c3%a4che-nass-1144448/

Seite 251 / Joachim Mayr

https://pixabay.com/de/photos/schwarz-wei%c3%9f-rose-blume-2305547/

Seite 266 / Comfreak

https://pixabay.com/de/photos/buch-landschaft-natur-wind-wetter-2929646/

Seite 266 / S. Hermann & F. Richter

https://pixabay.com/de/photos/liebe-botschaft-luftballon-verliebt-4256999/

Seite 271 / Gerd Altmann

https://pixabay.com/de/illustrations/personen-gruppe-silhouetten-mann-365964/

Seite 275 / Gerd Altmann

https://pixabay.com/de/illustrations/h%c3%a4nde-haus-paar-senioren-ruhestand-5708597/

Seite 275 / Please Don't sell My Artwork AS IS

https://pixabay.com/de/vectors/hundesilhouette-hund-z%c3%bcchten-5497992/

Seite 279 / Gerd Altmann

https://pixabay.com/de/photos/alzheimer-demenz-mann-rollstuhl-3034960/

Seite 284 / Ferenc Keresi

https://pixabay.com/de/photos/mauer-m%c3%b6bel-design-wohnung-zimmer-416060/

Seite 284 / No-longer-here

https://pixabay.com/de/photos/smith-und-wesson-pistole-schmied-938834/